ハヤカワ文庫 SF

〈SF2426〉

宇宙英雄ローダン・シリーズ〈702〉

未来から来た盗賊

マリアンネ・シドウ&K・H・シェール

井口富美子・増田久美子訳

早川書房

9009

PERRY RHODAN
DIE FLIEGENDEN MENSCHEN
DIEBE AUS DER ZUKUNFT
by

Marianne Sydow
K. H. Scheer

Translated by
Fumiko Iguchi & Kumiko Masuda
First published 2023 in Japan by
HAYAKAWA PUBLISHING, INC.
This book is published in Japan by
arrangement with
PABEL-MOEWIG VERLAG KG
through JAPAN UNI AGENCY, INC., TOKYO.

目次

未来から来た盗賊

空飛ぶ民

マリアンネ・シドウ
井口富美子訳

登場人物

ペリー・ローダン……………………テラナー。銀河系船団最高指揮官
アトラン……………………………アルコン人
グッキー……………………………ネズミ＝ビーバー
ネーサン……………………………山の民〝テラの子供たち〟の最長老
コヴァル・インガード……………山の民〝選ばれし者〟
アルティマ…………………………同。コヴァルの妻
ドル・ハラン………………………サショイ帝国ＩＱハンター総司令官
アドラ・メイン……………………同ＩＱハンター
アンクロス…………………………サショイ人の高官に仕える奴隷

1

かれらの頭上で竜巻がうなり声をあげた。谷にとどいた突風は、よそなら立派な嵐として通用しただろう。陰気な雲が急速に空全体にひろがっていく。ごくたまに、道に迷ったような日光が地表近くまでさしこむとジャングルがカラフルに輝き、渦巻く霧が危険をはらんだ不吉な黄色い塊りに変わって、ゆるやかな絶え間ない風に吹き飛ばされながら、木々の梢のまわりに毒ガスのように漂っていた。

　惑星ブガクリスの南半球は秋になったばかりで、うららかな小春日和《びより》だった。さしあたり谷間で気温が氷点下近くまで下がることはめったになかったが、高原の吹きさらしのような場所では、夜にはもう凍てつくような寒さになった。

　コヴァル・インガードはそれ以外の天候を知らなかったので、もしもだれかがかれに天気について意見を訊いたなら、きょうは格別に美しい日だと確信を持って答えただろう。

もっともコヴァル・インガードは、この季節に徒歩で谷間のジャングルを歩きまわるというような、身の毛もよだつ恐ろしいことを思いつきはしなかっただろうが。分別ある人間ならだれでも、下のジャングルでなにが起こっているのかを知っていた。冬動物たちが狩りをはじめており、しかも、下に生息しているのはほとんどが冬動物だ。夏のあいだも冬動物がきわだっておとなしくしていたわけではないが、秋になると、みなできるだけたくさん脂肪をためこもうと食い漁《あさ》っていた。どんな獲物でもよかった。まともな人間なら高原に逃れるか、すくなくとも急斜面に逃げこんで冬動物を避けるだろう。だが異人たちに分別があるとは思えない。ドラゴンに襲撃されたときのかれらの行動が信じられないほどまちがっていたことからも明らかだ。

「好きにさせておきましょう」コヴァル・インガードに同行している〝テラの子供たち〟部族の男のひとりがいった。ほとんどの者はとっくに逃げ去っていた。コヴァルのもとにのこったのはほんのひとにぎり。好奇心でのこった者、あるいはなにかあったときにコヴァルを守るよう選ばれた者だった。コヴァル・インガードが自分で自分を守れることはすでに証明ずみだったが。

「それでは死んでしまう」と、コヴァルは冷静に判断した。

「まちがいなく」と、ドゥジャンは同意した。「けれど、それがいったいわれわれにどんな関係があるでしょう？　だいたい、かれらは死んで当然ですよ。すくなくとも二十頭の〝殺し屋陛下〟を殺したのですから。それがわれわれにどれほどの代償をもたらすか、考えたくもありません」

コヴァル・インガードはもの思わしげに見まわした。

かれのそばにとどまっているのはドゥジャンだけだ。ほかの男たちは岩塊と絶壁とのあいだに散らばっていた。かれらは谷の異人たちを監視しているのだ。もし異人たちがコヴァルの同行者を観察しようとしても無理だろう。男たちはドラゴン革製のグレイのマントでからだをつつみ、たとえ近くでも岩と見まちがえるほどだったから。

「おまえは集落に帰ってよい」コヴァルがドゥジャンに告げた。「異人たちのことはわたしひとりでかたづける」

「それは危険です！」

「わたしなら大丈夫だ」

「でも、どうして異人のために自分の命を危険にさらすのですか？」ドゥジャンは怒っていた。「やつらにそんな価値はありません。われわれといっしょにきてください！」

「わたしに命令するつもりか？」コヴァルは驚いていた。

ドゥジャンは身をすくませて声のトーンを下げ、

「いいえ」と、つぶやいた。「ですが、わたしはせめてあなたがそうする理由を知りたいのです」

「それについては話したくない」

「でもわたしは、報告しなければ……」

「報告は、時間と機会ができしだい、自分でやる。いますぐ行け。ほかの者たちも連れて」

　ドゥジャンはかたい意志を誇示するように立っていたが、コヴァルは無言のままこちらを見ようともしない。ドゥジャンは、〝選ばれし者〟はどうあろうとその意志を変えないと悟った。

　ため息をつくと歩き出し、適切な場所を探すと仲間たちに合図を送った。かれらは細い管状骨とグレイの革でできた長い束を背中からはずし、グライダーを組み立ててブガクリスの暴風に身をまかせ、飛んでいった。まるでドラゴンのように。

　コヴァル・インガードはそれを見送ると満足げにうなずいた。かれらは自分よりずっと早く集落に到着するだろうが、そんなことはどうでもよかった。すくなくともしばらくは、かれらの絶え間ない質問から逃れられるのだから。

　もちろん、どうして自分が異人たちに興味を持ったのか、かれらに教えることはできた。ペリー・ローダンとアトランはその秘密についてだれにでも話すつもりはないとはっきり意思表示したが、コヴァル・インガードにとってそんなことはどうでもよかった。

異人たちのルールは関係ないし、かれらに命令される筋合いもない。ありていにいうと、かれらは話そうとする努力さえしなかったではないか。

しかし、この件全体についてかれは、なんというか不思議な感情をいだいていた。異人たちは、銀河系という名の約束の地を、ほかのすべての秘密の場所を、伝説と『ログ』にしかない原郷テラを知っていると主張していた。おそらく、そのような物語を部族に知らせるかどうかという決断は、ネーサンと長老たちにゆだねるほうがよいかもしれない。

コヴァル・インガードは、異人たちをテラニア山に、つまり長老たちと接触できる場所につれて行くべきかどうか、まだ確信が持てなかった。かれは怒り心頭で競技場をあとにしたが、正直にいえば、殺された〝殺し屋陛下〟たちのそばから、とりあえず逃げたことを認めざるをえなかった。異人たちの野蛮な行為、奇蹟の兵器の使用、戦闘方法の残酷なまでの妥協のなさ。そのすべてがかれを驚かせた。

だがいまではあの出来ごとからすこし距離を置くようになり、異人たちの行為が完全に説明可能であることを、不本意ながら認めざるをえなかった。

かれらはおそらく攻撃隊形を組んだ〝殺し屋陛下〟の群れを見たことがなかったのだろう。勇敢な男でさえ血の凍る思いがする光景だった。かれらは脅威を感じて攻撃に出た。当然といえば当然だ。もちろんかれらは自分たちの武器がどれほど恐ろしい結果をもたらすかをわかっていた。コヴァル・インガードが何度考えても理解しかねた点もそこだった。

　異人たちがやったことは、戦闘とは呼べないものだ。かれらはドラゴンを虐殺した。それは臆病者にしかできない戦いだった。

　そう非難されて異人たちは困惑し、災難の場から撤退した。だがコヴァルは、ふたりの異人、ローダンとアトランがその場にとどまり、その後まもなく、自分と仲間の追跡をはじめたのを目撃した。そしてさらに、ちいさな毛むくじゃらの生物が合流した。

　コヴァルは、異人たちがなぜよりによって自分たちをつけまわすのか、察しがついていた。かれらは『ログ』とそれを守る部族〝テラの子供たち〟のことを聞きつけていた。異人たちは見たこともない『ログ』のことでかなり興奮していた。かれらがおのれの知識の欠落をそれで補おうと考えているのは明らかだった。

　残忍な異人を自分たちの集落に案内するという考えは、〝テラの子供たち〟の男たちはうれしく思っていない。もし追跡者に気づいていたら、かれらはよろこんでみずから大量殺戮をはじめただろう。コヴァル・インガードはそれを阻止した。それから、異人たちが奇蹟の兵器やかれら自身を優位にするあらゆるものを置いてきたことが判明した。

　その瞬間までコヴァルは異人たちを臆病者と見なしていた。けれどもかれらが兵器なしで卓状山地の谷間へ進み入るのを見て考えを変えた。

この者たちは臆病者ではない、ただばかなだけだ。

それで、コヴァルにとってこの問題は終わったはずだった。かれはローダンとアトランが自分たちの先祖であるという事実をほぼ受け入れていたし、かれらが語ってくれた物語に感銘を受けていた。だがかれら自身については、まったく事情が違う。〝テラの子供たち〟は、いわゆる先祖と呼ばれる人たちがいなくても、いままでこの地でとてもうまくやってきた。かれらは必要ないのだ。もし原郷テラが〝テラの子供たち〟に、このおろか者よりもすぐれた先祖を用意できないのであれば、かれらなどいないほうがいい。

だがいま、異人たちはすでにテラニア山に到着し、まだ生きていた。おそらく、かれらはそれほどおろかではなかったのだろう。運だけでは貪欲な冬動物から身を守ることなどまず無理だから。

コヴァル・インガードは、やはり異人を長老たちのところへ案内するほうがいいかもしれないという結論に達した。

＊

ローダン、アトラン、そして毛むくじゃらの生物が絶壁に到達した。かなり疲れているように見えたし、すこしひっかき傷もあったが、コヴァル・インガードにはかれらが無事であることがわかった。

コヴァルはグライダーを使った。まるで巨大な蛾が岩肌に沿ってひらひら羽ばたいているように見えたが、すぐに異人たちの目につかないかくれ場を見つけた。山腹に到着したときにかれらがどんな反応をしめすのか、コヴァルは興味津々《きょうみしんしん》だった。

到着してしばらくはほぼ無言で、かれらはなにもしなかった。ジャングルを抜け出せてほっとしたのか、岩のあいだで休息をとっていた。おそらくそこが安全だと思ったのだろう。いまのところ安全とはいえ、コヴァルはかれらの休息が長引かないことを願った。異人たちがなにも知らずにくつろいでいる場所は、毒コレクターの洞窟の前だったからだ。真昼どきには眠っているが、遅くとも二時間後には狩りに出かけるだろう。異人たちがそのままそこにいたら、狩りは即座に完了だ。毒コレクターには好都合だが、異人たちには災難だ。

かれらに警告したほうがいいだろうか？

コヴァル・インガードはもうすこし待つことに決めた。

異人たちは徐々に活気をとりもどし、服のポケットから焦《こ》げ茶色の棒をとり出して食べた。毛むくじゃらの生物は岩のあいだを奇妙なやり方で移動した。コヴァル・インガードの目では追いきれない速さでジャンプをくり返す。その短い足とちょっと不格好なからだにもかかわらず、ほかのふたりより明らかに敏捷《びんしょう》だった。泉を見つけてふたりを連れていった。これで、すくなくとも万が一の場合にはコヴァルが毒コレクターを撃てるほどに、三人は洞窟からはなれている状態になった。

異人たちは充分に腹ごしらえをした。コヴァルはこっそりと忍びより、三人の会話を盗み聞きした。

「四千五百メートル！」と、毛むくじゃらの生物が甲高《かんだか》い声でいった。「みんな本当によく考えたのかい？　ぼくにとっては、ほんのひとっ飛びだけどね……」

ローダンは独りごとのようになにかつぶやいたが、コヴァルが耳をそばだててもひとことも聞きとれなかった。

「それがどうしたっていうのさ？」毛むくじゃらの生物はけたたましい。「好きなようにさせておけばいいよ。ぼくには関係ないから！」

するとこんどはアトランがなにかいったが、こんどもコヴァルには聞こえなかった。それが腹立たしくて、三人にもっと近づけないか考えた。けれどもそれは、まちがいなく見つかってしまう絶望的な冒険だ。そんなことはしたくない。いまはまだ。

異人たちは出発の準備をし、毒コレクターはまだ寝ていた。

異人たちはコヴァル・インガードが予想していたより登山が上手だった。すいすいと登るのも速く、とくに毛むくじゃらの生物は奇妙な前進運動で、困難なコースもまたたく間になんなく登っていった。

コヴァル・インガードも三人より先に進もうと出発した。幸運にも濃い霧が流れこんできたのでグライダーが使えた。これで難儀な登攀《とうはん》をしなくてすむ。三人の異人たちが霧のなかから出てきたとき、コヴァルはもうかれらよりかなり上のほうの安全な場所に身をかくしていた。これでしばらくのあいだは三人をなんなく見張ることができる。かれらがいまいる急斜面は、とくに危険ではなかった。もちろん転落の危険はあるが、そうなったらコヴァルも助けにいける。危険な動物が見当たらないため、異人たちは登攀に集中できた。

イバラの茂る幅のひろい岩棚に到達するには最低でも二時間はかかる。イバラの藪がある場所はいつも数匹の長トカゲがうろついていた。いまの季節はきわめて不機嫌で興奮している。コヴァルはこのトカゲのせいでかくれん坊もおしまいかと思ったが、まだつづくようだ。

コヴァルはふたつの岩のあいだにしなやかに滑りこんでまるまった。子供のときに、チャンスがあったらいつでも眠ることを学んでいた。異人たちが長トカゲのそばにくる前に目をさますだろう。

2

「おまえは選ばれた」と、彼女がかれにいった。「おまえは前兆の印をその身に刻まれる。それがおまえの運命だ」

コヴァル・インガードはその言葉を心にとどめ、黙っていた。それに対してかれがなにかいうとはだれも予想していなかった。選ばれたということは大変な名誉だ。この件に関して、コヴァルの考えは問われなかった。

ネーサンとふたりの老女がコヴァル・インガードに大きな杯をわたした。その中身は癖のある刺激臭を放っている。コヴァルは本能的にこの粗悪酒に尻ごみしたが、老女のひとりがかれの頭をうしろに倒し、もうひとりが口に流しこんだので、かれはいやが応でも飲まざるをえなかった。

液体はコヴァルの舌から喉を焼き、赤く燃えながら食道を伝わっていったが、このしろものが胃に引き起こしたことにくらべればたいしたことはない。まるで赤くおこった炭を無理やり飲まされたように感じた。目から涙がこぼれ、話そうとしても意味不明のしわがれ声が出るだけだった。

老女たちはそんなことを気にとめるようすもなく、悪魔の液体をもうひとくち飲ませた。

やがてこの手順は終わりを告げ、かれは解放された。この時点でコヴァルはすでに正気を失いかけていた。選ばれたという大変な名誉もきわめて陰鬱な光のように思われた。かれの望みはただひとつ。一刻も早くネーサンの家を出ることだった。

だが、立ちあがろうとするとかれの周囲はぐるぐるまわり、この状況でドアをめざすのは困難だった。壁に頭を打ちつけ、床に倒れた。その後、しばらくはなにも見えずなにも聞こえなかった。

酩酊《めいてい》状態で寝ているあいだ、〝殺し屋陛下〟に捕まり、巣のなかでひしめき合う若いドラゴンの餌《えさ》になる夢を見た。〝殺し屋陛下〟はコヴァル・インガードを巣に押しこみ、爪で固定すると、あとは若い動物たちにまかせてすばやく仕事をかたづけた。

コヴァルはむしろ、〝殺し屋陛下〟の手にかかりたかった。それならばもっと早くことがすんだだろう。だが若い動物たちは熱心に仕事にとりかかった。ちいさなくちばしでかれの背中を引っかき、線状に皮膚を剥がす。

コヴァル・インガードは叫び声をあげた。そしていつしか飲み物の効果が切れて意識が半分もどり、すべてが夢だったわけではないことに気づいた。周囲にちいさな〝殺し屋陛下〟はいないが、皮膚は剥がされている。
「おちついて！」と、老女のひとりがいった。「最悪の段階は終わった。このあとはひどいといっても、いまの半分ぐらいよ」

あとになってかれは、先祖が秘密を知っていたおかげで処置全体がいくらか快適になり、痛みもなくおこなわれたと聞かされた。たしかに、ブガクリス全体を見わたしても、コヴァル・インガードほどご先祖さまの秘密の恩恵に浴した者はいなかった。

前兆の印の複雑怪奇な模様が背中に完全に刻みこまれるまで、何日もかかった。回復するまで数日間の猶予があたえられることもときどきあったが、かれらがこの仕事を終えることはけっしてないのではないかとコヴァルは考えるようになっていった。そしてある日、ついに完成したと知らされて大いに驚いた。コヴァル・インガードは鏡のように磨かれた二枚の金属板を使って自分の背中を観察した。だが、これからずっと自分の背中を飾るだろう奇妙な記号やシンボル、文字からはなんの意味も読みとれなかった。もうそんなことはどうでもいい。これからは〝選ばれし者〟であり、〝選ばれし者〟にはこのような方法で印がつけられなければならない。部族の掟に定められたことだ。

コヴァル・インガードは幼いころから部族の掟を尊重せよと教えられてきた。とはいえ、この点に関しては意味がないとひそかに考えていた。

だがいい面もあった。

〝テラの子供たち〟の部族は、コヴァルの賞讃すべき背中にふさわしく華々しい祝宴を催し、それからかれにアルティマを紹介した。

コヴァル・インガードはとてもよろこんだ。

アルティマは、すくなくともコヴァルの目から見て、ブガクリス中でいちばんかわいい娘だった。明るい陽射しのもとでも、瞳孔《どうこう》と虹彩《こうさい》の境目がわからないほどの黒い目をしていた。彼女の肌はほかの山の民よりも濃い色で、褐色の鈍い光を放ち、エキゾティックな魅力を醸《かも》し出していた。さらに真っ白に近い髪は、彼女がダンスで回転したりからだを揺らしたりすると一風変わった金色に反射した。そのほかのこともすべて、コヴァル・インガードにとってアルティマはこれ以上望むべくもない娘だった。

その夜コヴァルは、〝テラの子供たち〟の青年のだれよりも幸せだった。そしてアルティマがかれに、それとなく、はっきりと、かれを好きだといったとき、その何倍も幸せを感じた。楽しい祝宴はやがておちついた雰囲気に移行した。老人たちは火のまわりに集まり、狩人たちはあり得ないような手柄話で盛りあがり、心配した母親が子供たちを家へ追い立てた。コヴァルとアルティマはほかの若いカップルと同じように、目立たない場所へ引っこんで暗闇に紛れ、ふたりの将来について話しこんだ。

ふたりがとてもお似合いで、愛し合っていたのはたいへん幸運な状況だった。というのも、もしたがいにいやだったとしても無理やりくっつけられていただろうから。コヴァルの前任者はそれがどんな事態を招くのかというひどい例だった。タニアはまだ若くて魅力的だったころ、数え切れないほど浮気をして夫を裏切ったが、醜い老婆になったいまでも、また違うやり方で夫を苦しめている。

コヴァルとアルティマは、自分たちはああはならないという考えで一致した。かれらは完璧なカップルだったので、ネーサンはそれを見てとてもよろこんだ。

〝選ばれし者〟の婚礼は、前兆の印が刻まれたらすぐにおこなわれるというのが古くからの伝統であり、コヴァルとアルティマがネーサンの前に立って儀式を受けたのは、わずか一日後のことだった。部族全員が集められた。この重要な行事に参列するために遠くはなれた放牧場の羊飼いまでが呼びよせられた。羊飼いたちは、行事につづく祝宴とかれらにとっての液状のデザートである酒が目当てだったが。いずれにせよ、かれらはふくれっつらの羊飼いの少年たちに動物を預けてきていた。コヴァルとアルティマは、いまこのときは自分たちが世界の中心であると信じており、羊飼いたちが若いカップルの幸運を祈るためにやってきたと思いこんでとても幸せだった。

羊飼いも村人も、その日を祝うために精いっぱい着飾って、絵のように美しい光景になった。村の女たちは染色したキモンウールのドレスを着て、男たちは玉虫色のトカゲ革の上着を着て重々しく歩きまわり、若い娘たちは髪に花を編みこんでいた。羊飼いは分厚い毛皮とドラゴン革をまとって、がっしりした丸顔の妻たちは明るい色の山高帽と宝石をちりばめた太い銀鎖を身につけていた。子供たちだけはふだんどおり、裸足で汚れたままだ。まるで結婚式の作法であるかのように、短い管状骨でその辺をたたいてまわり、熱心に鳴子を振った。

ネーサンの家の前には大きな張り出し屋根がしつらえられ、花で飾られた。二台のテーブルの上には結婚祝いの品々がところ狭しと置かれている。柔らかな毛皮でできた暖かい毛布、小バジスに住む頑固な洞窟の民〝ハンガー〟の頭をどうにか打ち砕いたような二個の鉄製やかんをふくむさまざまな生活用品、それに衣類、装身具、武器などだ。コヴァル・インガードとアルティマは裕福な夫婦になるだろう。

ようやくネーサンが家から出てきた。頭のてっぺんからつま先まで、雪のように真っ白なキモン毛皮の大きなケープにくるまれている。ときは満ちていた。かまどからは食欲をそそる香りが漂い、羊飼いたちは空腹を知らせるためにナイフをもてあそんでいた。だがネーサンはそんなことを気にもとめず、両手をあげると、結婚式のたびに先祖が唱えてきたという長い連禱《れんとう》をはじめた。

ネーサンがようやく若い夫婦のことを語りはじめたとき、とくに警戒心の強い羊飼いが何人か、突然頭をもたげた。次の瞬間、ほかの羊飼いもそれを聞いた。

雷鳴がとどろいた。

それでもネーサンは張り出し屋根の下で話をつづけたが、聴衆は動揺していた。

それがふつうの雷鳴ではなかったからだ。

＊

コヴァル・インガードはあとになってこの瞬間を頭のなかで再現しようと何度も試みたが、完全に成功したことはなかった。

かれは、空を暗くした巨大な影を、その巨大な怪物に向かって武器をとり、矢を放った男たちの姿を、ブガクリスの嵐よりもはるかに弱いのに、はるかに恐ろしい突風を、思い出した。

突風は上から吹いてきて、ほとんど砂を舞いあげなかった。女たちの髪や屋根の縁に咲いている繊細な花々もほとんど揺れず、羊飼いたちの毛皮を乱すほどの力さえなかった。だがそのかわり、この突風は暴力的な声を持っていた。そのうなりが空気を満たし、それを耳にした人々の心を凍りつかせた。

そうだ、嘘ではない。かれらは地面に倒れ、そのまま動かなくなった。

髪に花を飾った女性たち、さまざまな色に輝く上着の男性たち、あらゆる装飾品を身につけた羊飼いたち、裸足の子供たち。数百人単位で塵《ちり》と化した。家々のあいだは死体で足の踏み場もない。かまどで作業をしていた何人かは炎のなかに倒れこみ、声も出さずに焼け死んだ。外の柵囲いのなかでは、動物たちがあわてふためいて叫び声をあげていたが、突然ひゅーっと奇妙な音を立てて風が吹きつけ、いっせいにしずまり返った。

静寂がひろがり、炎だけがパチパチ音を立て、焼けた肉の悪臭が空気を満たした。

コヴァル・インガードとその花嫁、ネーサンとそのほか数人は、なにが起こったのかわけがわからず、張り出し屋根の下で麻痺したように立ちすくみ、殺された仲間たちを見つめていた。それから、空から暗い影がおりてきた。ドラゴンのように羽ばたくのではなく、悪霊のように音もなく。影とともに奇妙な冷たさがおりてきた。コヴァル・インガードにはそれが現実なのか、それともたんなる気のせいなのかさえわからない。冷たさがかれを麻痺させ、考えをめぐらせようにも頭がさっぱり働かなかった。

かつて聞いたことのある話や物語をぼんやりと思い出した。

北の果てしない砂漠を砂上帆船で航海していた砂漠の民〝トロナハエ〟は、空から舞い降りてきて人々を連れ去るハンターの、身の毛もよだつ話を語り継いでいた。どこへ連れ去られたか、だれも知らないという。かれらは、ただの風ではなく武器である、氷のような死の風のことや、生きている人間の目が見たこともない生物について、声をひそめて教えてくれた。砂漠では悪事を働き、ときには〝海の悪魔〟を襲撃することもあるとされた。

これまで、山地でハンターを見かけた者はだれひとりいなかった。

影は滑るように家々の上をこえて北へ向かった。コヴァルはこれで災難が過ぎ去ってくれたらと願った。砂漠の民であるトロナハエとは対立もしていないし、親密な関係でもないが、氷のような死の風については、かれらは疑いなく〝テラの子供たち〟よりよく知っていた。だがその影は突然、さらに低く沈んで着地した。すさまじい砂塵が舞いあがり、モンスターをおおいかくした。

「逃げるんだ！」コヴァル・インガードはそういうと、アルティマの手をつかんだ。

そしてその瞬間、異人たちが砂塵のなかからあらわれた。

かれらは〝テラの子供たち〟の人々よりも大きく、風変わりな衣服を着ている。まるで直接からだから型をとったようなかたちで、金と銀に輝いていた。異人たちの頭はガラスの泡のなかにおさまっている。

異人たちは手に短い筒を持っていた。コヴァルはすぐにそれが武器だと判断した。だが殺人風が使えるのに、どうして武器が必要なのだろう。それに、〝テラの子供たち〟はほとんどがすでに倒れていたのに。

コヴァルはアルティマを強引に引っ張っていった。荒野に身をかくしたほうがいいと考えたからだ。異人たちは村で盛大に掠奪をおこなった。ひとりやふたり、逃亡者がいても捜すことはないだろう。

ここからはなれようと必死だった。

　異人たちはネーサンの家を気にかけていないようだった。コヴァルはアルティマを引っ張って角を曲がり、薪《たきぎ》の山へと急いだ。そしてネーサンやほかの人たちがあとを追ってきているのに気づいた。かれは驚いて手を振り、かれらを追いはらおうとしたが遅かった。

　最初、かれは機械のような奇妙な音を聞いた。それからふたりの異人があらわれた。かれは驚いてアルティマを引きよせ、ふたりで薪の山のうしろの地面に倒れこんだ。

　屋外のせまい路地には死の風がうなりをあげて吹き荒れていた。コヴァル・インガードは木にしがみつき、薪がふたりの頭に落ちてくるあいだもアルティマにおおいかぶさった。異人たちの目を逃れることを祈って。

「やめろ！」ネーサンが叫ぶのが聞こえた。「かれは〝選ばれし者〟なんだ！　わたしを連れていけ、かれのかわりに……」

　それ以上はなにもいわなかった。弦が切れるような音がしたと思うと、しずかになった。

　足音が近づいてきた。コヴァル・インガードは、自分たちが気づかれないか死んでいると思われるよう、じっと動かなかった。だが異人たちをあざむくのはそう容易ではない。かれらの奇妙な声が聞こえて突風が吹いたかと思うと、突然手足の力が抜けた。

　異人たちは薪を押しのけた。かたい手がコヴァル・インガードをつかんで仰向けにした。そのうちのひとりがかれの上にかがみこみ、じっと見つめた。コヴァル・インガードは、その顔を生涯忘れることはないだろうと思った。

毛でおおわれた顔には二本の大きな傷跡があった。一本は右目の上に、もう一本は右の小鼻から顎にかけて、無毛の、黒く深い裂け目が伸びていた。縦長の黒い瞳孔と燃えるような黄色い目がコヴァル・インガードを凝視し、異形《いぎょう》の耳がガラスの泡の下でぴくぴく動いた。異人はさげすむような響きの声を発すると背を向けた。

コヴァル・インガードは、異人たちがアルティマを運び去るのをひそかに横目で見ながら、死んだように脱力している自分に絶望した。どうしようもなかった。筋肉が役目をはたすことを拒むのだ。

太陽が沈むころになると、うつ伏せになれた。薪が奇妙な風からいくらかでも守ってくれたのかもしれない。青虫のように地面を這って路地を通り抜けると、横たわる長老たちに遭遇した。

ネーサンは死んでいた。老いたその胸には稲妻が走ったような傷があった。張り出し屋根の下にとどまっていた〝テラの子供たち〟のグループも、数メートル先に横たわって死んでいた。

コヴァル・インガードは異人たちとその武器を呪わしく思った。なぜこの連中は、せめてまともな戦い方ができないのだろう？

だが、そもそもなぜかれらは〝テラの子供たち〟と戦うのだ？　かれらを見たことがある者はいないのだから、だれがかれらに危害をくわえる？　かれらと部族が敵対することはありえない。この殺人はまったく無意味に思えた。

さらにのろのろ進んで行くうちに、徐々に力がもどってきた。はいずりながら広場に出て、これからなにを目にするのだろうかと思うと恐ろしかった。

だがそこには、意外にも死体は見当たらない。あの奇妙な突風は、麻痺はさせるが殺さない、きわめて特殊な武器にちがいなかった。理由はわからないが、異人たちは死者を全員かたづけたのかもしれない。

トロナハエたちは異人のハンターが犠牲者を連れ去るといっていなかったか？

かれは注意深く周囲を見まわしたが、実際にかなりの村人が見当たらなかった。コヴァルが状況を調べたかぎりでは、それは特定のグループだった。

老人と子供、そして大部分の成人男女ものこされていた。いなくなったのは、コヴァル・インガードとほぼ同年の者たちだった。

どうしてかれらが？

物音が聞こえ、コヴァルは用心のためしゃがんでからだを低くした。身じろぎもせず、じっと待った。

そこへ異人たちがやってきた。頭にガラスの泡をかぶっておらず、その声はさほど奇妙ではなくなっていた。かれらははばかることなく話をしていたが、異郷の言葉を使っていたのでコヴァルには理解できない。だが聞いたことがあるような音が混じっていたり、〝人類〟という言葉がはっきり聞こえたことも一度あった。

　ほとんどまぶたを閉じたまま、かれらが村人たちのあいだを歩くのを見ていた。かれらがなにをしているかわかったとき、かれは自制心を失いかけた。〝テラの子供たち〟から組織的に掠奪している。犠牲者が抵抗すらできないのを気にするようすもない。おそらく名誉や礼儀の意味も知らないのだろう。貴重と思われるものはすべて持ち去っていった。毛皮、家財道具、衣服、装身具。そこには慈悲のかけらもなかった。

　コヴァル・インガードは、いったいそんなものをどうするつもりなのか解せなかった。夜はとても冷えこんだが、異人たちは輝くスーツを着ており、毛皮がなくても凍える心配はない。装身具や色とりどりの宝石は見た目には美しい。けれども異人たちはもう金や銀のスーツを着て走りまわっている。羊飼いの鎖や腕環がなにになる？　そして家財道具。いまのコヴァルにとってはなにより貴重だ。それより解せないのが、武器まで持っていってしまったことだ。突風でことはすむのに、猟刀などなんの役に立つ？

　突然、村の広場の反対側で騒ぎが起こった。異人のひとりがフーッと奇妙な叫び声をあげるとべつのふたりが駆けつけ、大声ではげしいいい争いをはじめた。腕を振って威《い》嚇《かく》し合っているようだ。口論はなかなかおさまらない。それから、村人のひとりをつかまえて引きずり出した。

そのとき、コヴァル・インガードにはある考えがあった。

異人たちはみな、広場の端に向かって進んでいた。この村にほしいものがのこっているかぎり撤退はせず、こんどは家のなかに目をつけたのだ。だがかれらが犠牲者を気にとめることはない。なぜだ？　かれらは、村人は死んでいるか麻痺しているかのどちらかだと思っていた。

コヴァルは部族の仲間を連れ去った者たちを追いながら、持てる知識と技術をすべて駆使した。しずかに、影のように、忍び足で歩いた。麻痺からまだ半分ほどしか正常にもどっておらず、筋肉が痛んだが、それがなんだというのだ。

異人たちがここまできた乗り物は、柵囲いのなかにあった。柵のあちこちが破壊され、そこらじゅうに麻痺したか死んだキモンが横たわっている。コヴァル・インガードは血のにおいを嗅《か》いだ。動物の死骸がいくつも転がっている横を通り過ぎながら、異人たちが麻痺した動物を何頭も解体したのに気づいた。はげしい怒りがこみあげる。〝テラの子供たち〟の部族がこの襲撃から立ちなおるには長い時間が必要だ。

拉致《らち》された人々はどこにいるのだろう？

動物の背後にかくれ、薄気味悪い乗り物のようすをうかがった。異人が数人、かなり急いで斜面を駆けあがっていく。かれらは空飛ぶ家に荷物を引きずり入れていた。

村人。

アルティマ!

コヴァル・インガードは、ほぼすべての捕虜がすでに不吉な乗り物のなかだと気づき、かれらのあとを追うことにした。異人たちがどこへ飛んでいこうと、奪われた部族の仲間を解放し、テラニア山に連れ帰るのだ。かれは〝テラの子供たち〟の部族のなかで一、二を争う狩人のひとりであり、そのうえ〝選ばれし者〟だ。部族のために戦うことがかれの義務だ。

しかし、どうやって乗り物に入りこむ? 入口には見張りが立っている。それほど警戒はしていないようだが、コヴァルはかれらの武器を恐れていた。

さらに忍び足で近づくと、異人のひとりが触れそうなほど接近してきた。仲間が見えた。整然と隙間なく密になって床に横たわっていた。近くに立っているひとりの異人が、退屈しのぎに盗んだネックレスをもてあそんでいる。べつのひとりが大声で呼びかけると、村から大きな毛皮の束をかついだふたり組がやってきた。

コヴァル・インガードはいましかないと床に横になり、動かずにじっと待った。

異人たちはとてものんきに見えた。コヴァルはやつらが〝殺し屋陛下〟の群れに襲われることを心から願ったが、今夜にかぎって一頭のドラゴンもあらわれなかった。異人たちが〝殺し屋陛下〟さえもよせつけない手段を持っていることに気づいたのは、ずっとあとのことだ。

ふたりの異人がかれの隣りに倒れていたトローブという名の若い村人をつかんで運び去り、もどってきた。コヴァルは死んだふりをしてすべての筋肉を弛緩《しかん》させ、不安を抑えこんだ。かれは持ちあげられて運ばれた。異人の乗り物のなかは暖かかった。嗅いだことのないにおいが鼻を突く。もうすこしでくしゃみが出るところだった。

異人たちはかれを柔らかい敷物の上に横たえると立ち去った。さらに何度か足音がしたが、異人たちが出入りしているあいだは、立ちあがってアルティマを捜す勇気はなかった。やがて鈍い音が響き、周囲が静寂につつまれた。

かれは用心深く立ちあがった。そこは薄暗い大きな部屋だった。三十人ほどの動かぬ人影が見えたが、アルティマがいないことはすぐにわかった。この部屋にいるのは若い男だけだ。

ほかの人たちを起こそうとしたが、むだに数分間が過ぎた。そのとき、奇妙な轟音《ごうおん》が聞こえ、次の瞬間、足もとの床が揺れた。かれは驚いて立ちどまり、ようすをうかがった。床の揺れはすぐにおさまり、轟音がしずかなざわめきに変わると、かれはすぐに慣れた。

仲間は起きてくれないし、ドアを開けようにも無理だった。ドアにはつかむところもない。コヴァルは一カ所、ガラスでできたようなちいさなパーツを見つけ、爪でいじっているうちにゆるんだ感触があった。だがそれだけではなんともならなかった。パーツが床に落ちてもドアはびくともしなかった。ちいさな穴からようすをうかがったが、外は暗闇だった。どうしようもない怒りをおさえながら、仲間の持ちものを探したが、異人たちは捕虜から武器や道具になりそうなものはすべて奪っていた。

数分後、ドアと反対の方向から甲高い声が聞こえた。振り返ると顔を毛でおおわれた異人がいた。光が輝いてかれを捕らえ、ふたたびうなり声が聞こえるとかれは床に倒れていた。倒れながら、異人の顔がぼやけ、ゆっくりと動く無数の光の点になって溶けていくのが見えた。ぞっとするような寒気《さむけ》を感じ、名状しがたい不安に満たされながら意識を失った。

3

しゅっという鋭い音で目がさめた。コヴァル・インガードはじっとしたまま目だけ開けた。その瞬間は睡眠中にしつこく追いかけられた過去にまだとらわれていたが、すぐにグレイの岩が目に入り、風と寒気《かんき》を感じた。

そっと身を起こし、岩陰からようすをうかがう。

三人の異人たちが岩棚に到達するところだ。ちいさな毛深いやつは岩棚に腰かけていた。最初のイバラの藪から三メートルもはなれていない。快活な感じで、大きく育った一本牙《きば》を見せ、ふたりの道連れをからかうように大声で注意や意見を述べたてていた。

自分が危険にさらされていることに気づいていないのは明らかだ。

コヴァル・インガードがそう考えたとき、毛深いやつがほんのすこしびくっとした。

その動きは、まるでこのちびがいままさにコヴァル・インガードのほうを向こうとしているかのようだった。ちびが甲高い声でなにか叫んだ。ローダン、アトランと名乗るふたりの男が岩にからだを押しつけた。

一瞬、コヴァル・インガードの注意が逸れた。ふたたびちびを見たとき、毛でおおわれたその生物は岩棚の危険な場所からいなくなっていた。

コヴァル・インガードは自分のうかつさに腹を立てた。やつの身軽さを考えに入れて、もっと注意深く毛深いやつを観察しなければ。そうすればいつか、この生物の秘密がわかるだろう。きっとなにか秘密がある。いちばん俊敏な山の住人でさえ、音も立てずにすばやく動く毛深いやつにはかなわない。

イバラの藪でがさがさと音がした。トロナハエの民の成人男性の二倍はあろうかという長トカゲが銀色の棘《とげ》におおわれた頭を枝のあいだから突き出した。トカゲは確実にしとめられたはずの獲物が逃げ出したことに気づくと、怒ったようにしゅっしゅっと音を出した。やがてふたりの男を見つけると、かくれていた場所から飛び出してきた。だがこの日、トカゲには運がなかった。よろけてふたりの異人たちの横をすり抜けた。鋭く長い爪が岩を引っかき、足がかりを探す。岩にしがみついているアトランとローダンの数メートル下に落下したが、無傷で着地した。興奮が冷めたのか、しばらく上を見つめてから向きを変えた。長トカゲは自分より上にいる獲物は絶対に捕まえない。登る動作は遅くてぎこちないからだ。

コヴァル・インガードはトカゲがつまずいた偶然に感謝した。電光石火で攻撃するとは思いもよらなかったのだ。ふだんは攻撃前にもっとよく考える動物だ。確実だと納得するまで待つのがふつうだった。きっとひどく腹をすかせていたのだろう。コヴァルは、この特殊な状況でふたりの異人の救助は無理だったろうと思い、非常にうしろめたかった。

これからはもっと注意をはらおうと心に決める。

「いい心がけだね！」すぐ横で甲高くすんだ声がした。

コヴァルはナイフを手にして振り向いた。ちいさな毛深いやつが無表情でこっちを見ている。

「でも、ぼくたちに警告してほしかったな」その動物は岩の上で身をかがめ、アトランとローダンに手招きした。「こっちへきてよ」

コヴァル・インガードは言葉を失って毛深いやつを見つめた。このちびがどうして気づかれずに自分に近づけたのか理解できなかった。

「ここでなにをしている？」ようやくちびに訊ねた。

毛深いやつは思案しながら右耳のうしろをかいた。黒くて大きいまん丸な目があざ笑うように輝いた。

「いい質問だね。正直にいうと、ぼくにもよくわかんないんだ。いまごろはとっくに、山の上にいるきみの仲間のところにいるはずなんだけど、あのふたりの頑固おやじがきみを追いかけようといって聞かないのさ」

「わたしたちは、あなたがたとかかわる気はない。あなたがたにもそう伝えた。なぜそれにしたがわない？」

「ぼくたちにも見たいものがあるからさ」毛深いやつは冷静に答えた。「ふたりが登ってくるまで待って。そしたら好きなだけ質問していいよ」

コヴァル・インガードは辛抱して待った。

ローダンとアトランは、かくれ場に着いたときすこし息切れしていた。が、驚くべき速さで回復した。コヴァルはかれらの難儀を思い、不本意ながらも感嘆した。

かれらは砂漠を何キロメートルも移動し、ジャングルを通り抜け、最後にこの山を登ってきた。グライダーもなく、このブガクリスが異郷であることを考えると驚くべきはなれわざだ。

コヴァルはふたりを子細に観察した。

実際のところかれらは武器をすべて置いてきている。コヴァルが見るかぎり、ほかに技術的な物品はなにも持っていなかった。もちろんそれはコヴァルの勘違いかもしれない。自分が知らないような、技術的に細工したちいさなおもちゃを服のなかにかくしているかもしれない。かれはこの分野には経験がある。

だが、かれらはまちがいなく奇蹟の兵器を使わずにジャングルを抜けてきた。かれらに敬意をはらうにはそれだけで充分だ。

「あなたがたはなぜわたしたちを追ってきたのです？」ふたりがひと息つくと、コヴァルが訊ねた。「わたしたちになにを望んでいるのでしょう？」

「『ログ』だ」ローダンと名乗る男がおちついた声で告げた。

「それは絶対不可能です！」コヴァル・インガードは怒りだした。

「われわれは『ログ』を持ち出すつもりはない」ローダンは請け合った。「読みたいだけだ」

「それだって許されません」コヴァルはかたくなだ。「あなたがたはわたしたち部族に大きな不幸をもたらしました。〝殺し屋陛下〟はわたしたちに報復するでしょう」

「では」と、ローダンがゆっくり話しはじめた。「最終的にはドラゴンの尊敬を集められるような武器をきみたちにあたえることもできる」

「兵器！　それ以外は頭にないんですか！」

「あるいは、あなたがたと〝殺し屋陛下〟の仲介も可能だ」ローダンは平然とつづけた。

「そもそもドラゴンがきみたちとの和平を望んでいるようには思えないが」

「かれらにはその言葉の意味すらわからない」と、コヴァル・インガード。

「それなら、きみたちはドラゴンと戦うよりほかない」と、アトランがいい添えた。

「わたしたちはそうしています」コヴァルは陰鬱に答えた。「でも、自分たちのやり方で」

ちびの毛深いやつが上から下まで観察するので、コヴァルはその視線を不快に感じた。

「いつまでもここにはいられない」と、乱暴にいった。「もっと上のほうにいいところがある。ついてくるように！」

*

かれはまだ、この異人たちをどうしていいのかわからなかった。かれらのことを好きではない。かれらの力が恐ろしかった。けれども一方で、かれらに魅了されてもいた。かれは異人たちを野営地に案内した。そこは湧き水が豊富で、夜寝るときに脚を伸ばせるだけの充分なひろさがあり、燃やしても煙が出ない乾燥松材も置いてあった。かれは異人たちが火を使うだろうと考えたのだ。夜になるとひどく冷えこむから、暖をとりたいだろう。

コヴァル・インガードは黙って作業にとりかかった。ふたりの異人はすぐに理解して作業を手伝った。グッキーという名の毛むくじゃらの生物だけは、怠惰に岩にもたれかかり、指ひとつ動かさない。

コヴァルはまだ、この生物がどうやって不思議な登攀能力を発揮しているのかわからなかった。グッキーから目をはなさないよう注意しているあいだは、この生物はかなり不器用に岩の上をガサガサ動きまわり、休憩をたっぷりとっているだけだ。けれどもコヴァルがこの毛むくじゃらの生物に一瞬でも背を向けると、数回ジャンプするだけで、しかもとてつもないジャンプにちがいないが、ほかの仲間のそばにいた。

「火がドラゴンを引きよせないだろうか？」アトランは疑り深く訊いた。「それともここにドラゴンはいないのか？」

「その反対です」コヴァル・インガードはそう答えると見通しのきかない霧の流れを指さした。「あそこにはドラゴンの大群がいます。でもやつらは火が恐い。すくなくともほとんどのドラゴンは。なかには火が好きなやつもいますが」

「それを聞いて安心した」と、アトラン。「火は使わないほうがいいかもしれない。われわれはいま、武装していないから」

「わたしは武器を持っていますよ！」コヴァルはぶっきらぼうにいい返した。

「だがきみは、ドラゴンとはむやみに戦わないのでは、それとも？」

「今夜は〝殺し屋陛下〟がくると考えなくていいと思います」コヴァル・インガードは腹立たしげに答えた。

「なにか違いがあるのか？」アトランは思案げに訊ねた。

コヴァル・インガードはため息をついた。山の民とドラゴンの関係はかなり複雑なのだ。異人たちにその関係を説明するのはむずかしいが、とにかくやってみることにした。

「〝殺し屋陛下〟というのは、グリーンの大きなドラゴンです。わたしたちを憎んでいます。そして火を恐がらない。あなたがたはあれだけたくさん殺したのだから、〝殺し屋陛下〟は怒り狂ってわたしたちに復讐しようとするでしょう。どこかに火を見つけると攻撃してきます。そばに人間がいると知っているからです」

「そういう結論を導き出せるんだから、やつらは充分な知性があるね」グッキーがいい添えた。

　コヴァル・インガードはいぶかしげなようすながらもうなずいた。

「やつらが知的だと、なぜわかるんです？」

　グッキーはきらりと目を光らせて自分の一本牙をしめし、

「きみにはきみの秘密があるし、ぼくたちにはぼくたちの秘密があるのさ」と、からかった。「ドラゴンと話そうとしたことはなかったのかい？」

「それにはドラゴンの言葉をマスターしないと」

「習得はそれほどむずかしくない！」ローダンが口をはさんだ。

「それはどうでしょう」

「つまりためしてみたこともないのか？」ローダンは信じられないという顔で訊ねた。

「やつらには理解できませんから」コヴァルは不機嫌に答えた。「もちろんやってみましたとも。でもドラゴンにその気がなければ、いったいどうすればいいのです？　やつらに近づくことはできません。わたしたちとかかわりたくないのです。こちらが近づくとすぐに攻撃してきます」

「何頭か捕まえられただろうに」と、アトラン。「安全な檻《おり》のなかなら、望もうと望むまいと、どっちみちあなたがたのそばにいることをがまんするしかない。いつまでも黙っていることもできない。時間と忍耐だけの問題だ」

「〝殺し屋陛下〟を閉じこめるなんてできません」と、コヴァルは説明をはじめた。「この生物は壁でかこまれるなんてがまんできないのです。自由になるまで、あるいは死ぬまで戦います」

「それなら拘束するか、麻酔をかけるか」

「そんなのは役に立ちません。なんとしても自分で自分を殺す方法を見つけ出すんです」

「つまりドラゴンは自殺するということか？」ローダンは唖然とした。「だがそうさせない方法はあるはずだ！」

「そうかもしれませんが、その方法はまだ見つかっていません」

「まあいいだろう」アトランがつぶやいた。「成熟したドラゴンが監禁状態になじめないというのはありがちだ。それなら若いドラゴンはどうだ？　子供ドラゴンを捕まえて育てるとか……」

コヴァル・インガードは笑った。失礼だとはわかっていた。かれらはブガクリスのことを知らないのだから。人の無知を笑うのは正しいことではないが、そうせずにはいられなかった。

「子供ドラゴンは捕まえられないんです」笑いをこらえてコヴァルは説明した。「大人のドラゴンは、自分たちの洞窟に近づく人間をすべて殺してしまいますから」

「それに、どっちみち意味はないよ」グッキーが分別くさくつけ足した。「子供ドラゴンもまずは言葉をおぼえないといけないからね」

「話を〝殺し屋陛下〟にもどそう」と、アトランは意を介さない。「きみはドラゴンが復讐をはたそうとしていると確信しているが、その一方で、今夜はおそらく攻撃してこないだろうと考えている。なぜだ？」

「風向きが不利だからです」そう答えながら、コヴァルは異人たちの質問にいらだってきた。「それより、なにか昔のことを話してください！」

「もうひとつだけ訊く」ローダンは食い下がった。「きみが着ている服も、背負っている荷物も革製だ。なんという動物の革だ？」

　コヴァル・インガードは、この男がその答えをすでに知っているという気がしてならなかった。だがどこからそれを知った？

　かれは自問していた。この異人たちは〝テラの子供たち〟の男たちを追跡することにどうやって成功したのだろう？　自分たちは痕跡をのこさなかった。たいていは飛行して移動し、それが無理なときは岩場にとどまったのだから。

そんな状況で、そもそも異人たちはどうやってテラニア山にたどり着けたのだろう。それに、登山に最適な場所をどうやって探し出したのだ？

それはどうもグッキーと関係があるような気がした。

この生物は驚くべき能力のコレクションをそなえているようだ。

コヴァル・インガードは、これからはもっと注意して、とくに毛むくじゃらの生物に注意をはらうことにした。というのは、異人たちのなかでも不思議な才能を持ったこの毛むくじゃらがきらいだったから。

「わたしの質問にまだ答えていないぞ！」ローダンが催促した。

コヴァル・インガードは肩をすくめ、

「これはドラゴン革です」と、認めた。「でも〝殺し屋陛下〟の革ではありません。ドラゴンは数百種類いるのです。〝殺し屋陛下〟だけが知性のようなものを持っています。それ以外のドラゴンは、狩りをしてもまったく危険ではありません」

「まったく危険がないわけじゃない」と、アトランが反論したが、コヴァルはその話に乗らなかった。かれはもう質問に充分答えたと思った。こんどは異人たちが答える番だ。

かれは疑いをいだきながら、あるいは魅了されながら、かれらの話に耳をかたむけた。しばしばかれらの話をどう受けとめたらいいのかわからなかった。多くがとてもありえない話に聞こえたからだ。だが、かれらの話しぶりがあまりに真摯《しんし》なので、コヴァルはそのことを伝えたくなかった。というのも、かれらが非常に強大であることはまちがいなかったから。かれらの感情を害するのは得策ではないだろう。

嵐と暗闇、そして不気味な音が満ちて、夜のとばりがおりてきた。一度だけ、頭上でドラゴンが狩猟するときの咆哮《ほうこう》が朗々と響いた。それは小型のドラゴンだったのでコヴァルは武器をとらず、異人たちもしずかにしていた。だれが悪くいおうとも、かれらはコヴァル・インガードが想像していたより勇敢で思慮深かった。

信じられないような話ばかりでコヴァルの頭は混乱しはじめた。どうすれば無礼な蛮人と思われずに夜の休息をとってもらえるかと考えていると、助け船のように嵐がきて、刺すような細かい雨を降らせた。異人たちはせり出した岩棚の下に退散した。コヴァルも身を守れる場所を探した。ドラゴン革でできた飛翔皮をからだの上にひろげ、赤く燃えるのこり火が消えるのを眠たげに見ていた。

眠りにつくと、夢がはじまった。

4

この世界は荒れ果てて風が強かったが、空気は奇妙なにおいがした。ここはブガクリスではない。

かれはほかの捕虜たちのあいだを縫って、地面がすべすべした広場をのそのそと通り抜けた。怪しいほど滑らかだった。風があられ混じりの雨を降らせた。寒くはあったが、あられは地面に触れるとすぐに溶けて、跡形もなく地中に消えていった。

コヴァル・インガードはそれを残念がった。とても喉が渇いていたので水たまりは大歓迎だ。けれどもこんなすべすべの奇妙な地面にたまった水を飲むのは賢明でない。

そしておそらく、異人たちはかれが喉の渇きを癒すのを妨害しただろう。

異人たちは捕虜を広場の端のテントに連れていった。それは大きな防水シートが一枚だけのとても簡素なテントで、その下に身をよせている者たちを守れるとは思えなかった。カバーは帆のように風になびいていた。コヴァル・インガードは戸口から出るとき、防水シートがどのようにフェンスにとりつけられているのか、食い入るように観察した。

異人たちは門のあたりにとどまっていた。コヴァルは捕虜に関心を向けた。捕虜はトロナハエの民だけだった。コヴァルは最初、かれらが全員ブガクリス出身で、自分が連れてこられたのと同じ船で異郷の世界に到着したと考えた。しかし、よく見ると違うことに気づいた。

テント屋根の下には、コヴァル・インガードが見たこともないような黒みがかった肌と漆黒の髪の人々がいた。惑星ブガクリス出身ではないと思われる人々だ。

異人たちが奇妙な狩りをおこなっているのがブガクリスだけではないことに、コヴァルはようやく気づいた。

かれは膨《ふく》らんだ屋根の下を歩きまわり、集められたすべての捕虜たちを観察した。そのなかに〝テラの子供たち〟の部族の男が八人いた。コヴァルはその男たちに、片隅に集まって待つよう指示した。かれらはいやがることなくコヴァルにしたがった。みな非常に若く、子供といっていいほどで、とてもうろたえていた。ひとりだけ、コヴァルより年長がいた。その男は羊飼いで、ダシュンという名だった。だがダシュンも〝選ばれし者〟コヴァルにしたがった。

コヴァルは、テント屋根の下にいるのは男の捕虜だけで、女はべつの場所に収容されていると考えた。フェンスの外にほかのテントは見つからない。そのかわり、奇妙な車輌が広場を横切り、怒ったドラゴンのようにうなり声をあげていた。車輌には帆がついていない。コヴァル・インガードは、これらの車輛がどんな方法で動いているのか不思議だったが、すぐに考えるのをやめた。車輛を手に入れるチャンスがあるわけでもないし、考えてもしかたない。

何人かの捕虜に女たちの所在を訊ねた。だがコヴァル同様、なにも知らなかった。なかには自分になにが起きたのか、皆目わかっていない者もいた。その辺にすわっているだけで、感情が鈍麻しているのかコヴァルの質問にも答えない。コヴァルは捕虜に対してというより異人たちに腹を立てた。

「なぜうろうろしている？」コヴァルが同部族が集まる一角に近づいたとき、ひとりのトロナハエの民が訊ねた。「そんなことをしてもむださ」

コヴァル・インガードは立ったままその異人を観察した。

かれはどう見ても砂漠の民トロナハエだった。干からびて、ほとんど骨と皮かと思うほど痩《や》せこけ、陰気な顔で、目はあるのかわからないほど奥深くくぼんでいる。だが、この男が惑星ブガクリス出身でないこともたしかだ。背が高すぎるし、服装も変だった。

「どこからきたんですか？」と、コヴァルは訊ねた。

トロナハエの落ちくぼんだ目がきらりと光った。

「あんたが絶対知らない惑星だ」答える声はちいさかった。「星の名はコムハダン。ここからずっと遠くはなれている。あんたの星は？」

「ブガクリス」

そのトロナハエは考えこむようにその名をちいさな声で復唱していたが、ようやく「知らないな」と、答えた。「そんな名前は聞いたことがない。だがそんなことはどうでもいい。おそらくサショイ帝国の端の、コムハダンとほぼ同じ宙域にあるんだろう。あんたの印はなんだい?」

コヴァル・インガードはそのトロナハエを、わけがわからないという顔でじっと見つめた。その捕虜はコヴァルの右手をとり、指で手の甲をなぞると、ある一ヵ所を刺した。コヴァルは驚いて手を引っこめ、よく観察したが、ちいさな赤いしみを見つけただけだった。

「なにをしたんだ?」

「印さ。だれに属しているか、それでわかるのさ!」

「印なんてまったく見わけられない」

トロナハエ人は顔をゆがめて笑みを浮かべたが、とても悲しそうに見えた。

「もし見わけられたなら、捨てようとするだろうよ」と、冷めた声でいった。「それはごくちいさな機器でね。肉にさしこまれていて、耳では聞こえないある種の信号に反応する。サショイ人はあんたがだれに属しているか、それを使っていつでも確認できる」

「わたしはだれにも属していない!」

「それは違う！　あんたは、あんたをここに連れてきた船の所有者のものだ。わたしのまちがいでなければ、アドラ・メインのはずだ。いつもこの宙域を縄張りにしているからな。ほとんどの捕虜はかれに属している」

「その男は顔に傷跡がふたつあるか？」コヴァル・インガードは憎しみをこめて訊いた。

「かくせない傷がふたつある」トロナハエ人はそういうと、落ちくぼんだ目がグリーンに光った。「傷はほかにもある。そのうちのいくつかはわたしがつけた。サショイ人にしては並はずれてしぶといやつさ」

「絶対にそいつを見つけ出して殺してやる」と、コヴァル・インガードは約束した。

「そりゃあまず無理だな」トロナハエ人はおもしろがっていた。「あんたはティンカウをはなれることはできないし、アドラ・メインがここにくるのはＩＱを売るときだけだからな」

「ティンカウとは？」コヴァルは面食らって訊いた。「それに、ＩＱってなんだ？」

「ティンカウはサショイ帝国の主惑星さ。いまあんたがいるところだ。ＩＱは、あんたがこれからなるものさ。アドラ・メインがあんたの買い手を見つけしだい。だれかがあんたを買ったら、やるべき仕事を教えて自分のために働かせる。あんたの力がつきるまでね」

「どうしてそこまで知っているんだ？」コヴァルは頭がくらくらした。

「まあ、ずいぶんと長い旅をしてきたからな」トロナハエの民はおちついた声でいった。「アドラ・メインがわたしをコムハダンで捕まえてからもう長い年月が過ぎた。前の所有者は商人で、とても立派な青年だった。サショイ人にしてはだが。わたしを旅に連れていき、その途中で死んでしまった。それでわたしはお役御免になった。ところが残念なことに、まちがった惑星を選んじまってね。また捕まったのさ」

「それは気の毒に」と、コヴァル・インガード。

「あんたもな」トロナハエはそっけない。「逃亡なんて考えないことだな。むだな抵抗さ」

「逃げようとしていることがなぜわかる？」コヴァルは驚いていた。

「一目瞭然さ。その娘のことは忘れて、冷静になれ。そうすれば快適な人生が送れる」

コヴァル・インガードは快適な人生に異論はなかったが、それについては自分なりの考えを持っていた。いずれにせよ、毛皮の異人のために働きたいとは思わなかった。なによりもアルティマを自由にしてやりたい。

かれが仲間たちの待っている片隅にたどり着いたちょうどそのとき、数人の異人が門を勢いよく開け、うなり音をあげている車輌に乗るよう捕虜たちを追い立てた。コヴァルはそれが終わるまで片隅にとどまっていた。さっき思いついた計画の一部でも実行する時間があるようにと望んだ。

だが、うなる車は次々と捕虜を飲みこみ、テント屋根の下のスペースはあっという間に空《から》になった。とうとうコヴァルに順番がまわってきた。もっと急いで歩くよう何度もぶたれ、憎しみがさらに増した。

残念でならず、最後にもう一度周囲を見まわした。

そのとき、またしても突風がテント屋根の下を通り抜け、まるでコヴァル・インガードをあざ笑うかのようにテントが膨らんだ。

これを使って飛び去ればとびきりの愚行になるのにと考えたが、現実的な人間ゆえに、実現できない夢はできるかぎり見ないと自分にいい聞かせた。どうせそう遠くには行けやしない。

それに、かれは印を身につけていた。

*

市街地に到着した翌日、かれはアルティマと再会した。コヴァルがちょうど販売所に連れていかれようとしているとき、ほかの若い娘たちといっしょにいるアルティマとすれ違った。アルティマはかれを見つけて駆けよろうとしたが、すぐに監視に追い返された。コヴァルが六人の監視を殴り倒すと、そばにいた捕虜たちにもその怒りが感染し、はげしい乱闘になった。

すべてが終わったとき、監視のひとりは頭蓋骨に大きな穴が開いて搬送された。もうひとりは足を引きずり、三人めは完全に死んでいた。コヴァル・インガードは、目的からはずれているとはいえ、この結果にある程度満足した。だがアルティマの姿はどこにもないし、自分は水も食糧もないせまい独房で楽しくもない数時間をすごしている。

忘れられてしまったのかと思いはじめたとき、毛皮の異人がひとりあらわれ、反抗的行動の意味と無意味さについて長々と説教をたれた。この異人はばかではなかった。それどころかコヴァルの言語を話した。柔らかいおかしなアクセントではあったが。かれはコヴァルにはなんのことかまったくわからない、理解しがたいものごとや活動について話した。そして〝テラの子供たち〟の男に、焼いた肉をひと切れと、飲料と思われる泡だったものの入った大きな杯をあたえた。コヴァルはその飲料を念入りに調べてにおいを嗅ぎ、いまはまだ喉は渇いていないという結論に達した。もしもネーサンがそのなかで水浴しろと命じたなら、おそらくしたがっただろうが。けれどもこの褐色の粗悪酒のようなものは飲みたくなかった。

数時間後、異人がもどってきた。またしても絹のように柔らかいアクセントでコヴァルに話しはじめた。だがあまりに喉が渇いていたのでかれの話は耳に入らなかった。コヴァルは、なぜあのトロナハエの民が異人たちの望むようにふるまえと忠告したのかが徐々にわかってきた。そして自分の心のなかにある感情はたったひとつ、喉の渇きよりも強い、憎しみだけだということも。

　異人がふたたび肉ひと切れと泡だった褐色の液体が入った杯をさし出すと、コヴァル・インガードの脳内でなにかがぶちっと切れた。かれは格子《こうし》ごしに異人の胸もとをつかんで引きよせ、肉をひと切れ、喉の奥まで詰めこんだ。異人はゴボゴボと乾いた奇妙な声を出した。コヴァルは肉片のあとに液体を流しこみ、それで異人はようやく黙った。

　数時間後、毛皮生物が何人かやってきて、仲間を連れていった。コヴァルには目もくれなかった。かれらが去ってしまうと、コヴァルは死んでやろうと横になった。

　その長く暗い時間、コヴァル・インガードは故郷を思い、熱狂的な夢のなかでブガクリスのドラゴンと競い合って飛んだ。ドラゴンと戯《たわむ》れ、冷たく湿った雲に身をかくし、この生物を理解できたという感情をはじめて持った。いま経験していることから、せまい檻に閉じこめられて異人のしたい放題にされるのがいったいどういうことなのか、わかったのだ。不意に、自由な生物として生きたいという〝殺し屋陛下〟に大きな愛情を感じ、だれよりもかれらを理解できた。

　だが、抵抗できないほど衰弱すると、異人のひとりがせまい独房からかれを引きずり出し、荷車に乗せた。コヴァル・インガードは抗《あらが》うすべもない。異人はまるで吹雪《ふぶき》が激しくなったようにすべてが真っ白で明るい部屋にかれを運び入れた。その部屋には毛皮生物がひとりすわっていた。雪のように白い衣服にくるまれて〝テラの子供たち〟の男を凝視した。かなりの時間が経過した。コヴァルは何度か意識を失った。あとになって、自分が白い部屋を本当に見たのか、それともたんなる夢だったのかは確信が持てなかった。

次に目ざめたときは快適だった。柔らかい寝台に横たわり、アルティマがかれの横にひざまずいて、冷たく澄んだ水を飲ませてくれた。

コヴァルはその水を飲むと、また眠りに落ち、目ざめるとまた飲んだ。かれはすっかり満足して幸福で、ぐんぐん回復した。アルティマはおだやかな優しい声で、毛皮の異人たちについて、またかれらとの生活がどれほど快適かについて、話して聞かせた。かれは自分がなにごとも不必要にむずかしくしすぎていると反省した。

すっかり回復すると、アルティマへの感情がいままでにないほど高ぶり、彼女を引きよせようとした。ところがアルティマはそれが気にいらなかったようで、あたりに響きわたるほど強く平手打ちを食らわせた。驚いたコヴァルはうろたえて彼女を見つめた。見れば見るほど、相手は見知らぬ顔になっていった。目の前の霧が晴れていくように、しだいに現実が見えてきた。

その人はアルティマではなかった。違う人間の娘で、アルティマにほんのすこし似ているだけだった。このたくらみにかれは、彼女を殴ったり殺すことさえできるほど腹が立ったが、窓の向こうに毛の生えた顔がふたつ見えた。ひとりは顔にふたつ傷跡があり、とても満足そうは表情だ。もうひとりは真っ白な布からちらりと顔をのぞかせていた。コヴァル・インガードは自分がなにをされたのかくわしくは理解していなかったが、理解した部分だけで充分だった。

毛皮のやつらが策を弄《ろう》し、ありもしないものを見せられたのだ。憎しみが募った。その一方で、かれは健康をとりもどし、生きる意欲がふたたび呼びさまされた。せまい独房と、そこでのぞっとするような時間が、かれを恐怖におとしいれた。もう一度同じことをくり返すなどまっぴらごめんだ。

さらに、こう自分にいい聞かせた。かれらが自分をあざむけたのは、自分がアルティマのことをどれほど恋しいと思っているかをかれらが知っていたからだ。ということは、まだアルティマを見つけ出せる希望はあるのではないか？

三日後、かれは売られた。

＊

最初の所有者は居酒屋の経営者で、夜はいつも非常に騒がしい店だった。コヴァル・インガードがこの店でまかされた仕事は、きわめてかんたんだった。客のあいだで頻繁に起きるいさかいを、所有者の利益になるよう解決することだ。

もちろん、これはＩＱがとくに得意とする職務ではなかった。コヴァル・インガードは居酒屋の経営者に超特価で売り飛ばされていた。かれのような反抗的な男を買ってもらうのはいろいろとむずかしいのだ。だが居酒屋の経営者にはけんか好きの蛮人がもってこいだった。

　コヴァル・インガードはこの立場が自分にも有利だと気づいた。まず、この経営者はほかにもＩＱを所有しており、そのなかには何人か人間の娘もいた。さらに、この経営者は昼のあいだずっと、かなりいかがわしいさまざまな商品をあつかっていた。この取引の通常の手つづきをおこなうため、居酒屋にはべつの主人に属しているＩＱたちがしょっちゅうやってくる。こうしてコヴァルは、ほかの奴隷たちから情報を集める機会があった。

　最初はアルティマについての情報が得られず、希望を失いかけた。ところがあるとき、見知らぬ奴隷からアルティマを見たと聞かされた。コヴァル・インガードは有頂天《うちょうてん》になった。

　その奴隷はアンクロスという名で、サショイ人の高官に仕えていた。高官は立派な紳士で、公けの場では市民の尊敬を一身に集めていたが、非常に金のかかる趣味にこっそり興じており、それが原因ですでに多くのサショイ人が破滅に追いやられていた。コヴァルはアンクロスと仲よくなり、高官がほしがる品物を居酒屋の主人の知らないところで特別価格で譲ってやり、高官のおぼえがよくなるようはからった。その礼にアンクロスはアルティマの情報を手に入れてくれた。

　コヴァルの助けのおかげで、アンクロスは主人がほしがる品を大量に手に入れたが、主人はその毒物をあつかうときに必要な注意をおこたり、死んでしまった。この事件はスキャンダルとして市民に知られるところとなったが、高官の家族は当然ながら全力をあげてもみ消そうとした。奴隷であるアンクロスはにわかにはげしい非難にさらされ、主人を殺害した罪で訴えられ、即座に有罪判決が下された。死刑執行に立ち会ったコヴァルの主人はアンクロスに見おぼえがあったため、苦労してなんとか自分の名が表沙汰にならないようにした。それから品物の在庫を確認して奴隷を尋問し、コヴァル・インガードをみずから田舎へ連れていき、売りはらった。

　コヴァルの新しい主人はいやな男だった。所有している広大な農場には、高価な奴隷にはさせたくない仕事がいくつもあった。コヴァル・インガードはすぐ、ここにいては長くは生きられないと悟った。かれは逃げ出し、市内にもどってきた。そして前から決めていたように、アルティマを解放しようとした。

　だがその過程で、アルティマについてアンクロスから聞いた話がすべてデタラメだったことが判明した。コヴァル・インガードが自分の花嫁を解放するために押し入ったのは、サショイ人のテル・フェンの家だった。見張り番に捕らえられたコヴァル・インガードが自分の経験してきたことをすべてテル・フェンに語ると、テル・フェンはこの情報通の奴隷を持ち主に返すのをやめた。

そのさいに、コヴァル・インガードは〝印〟から逃れる方法を知った。古い機器をとり出して新しいのを入れるのだ。

コヴァルはテル・フェンにとって利用価値の高い奴隷だった。この蛮人が、自分の代理として奴隷にある種の商売をさせているサショイ人の名前をたくさん知っていたからだ。取引はおもに薄暗い居酒屋でおこなわれていた。テル・フェンはその情報を当事者に売りつけた。かれの職業は恐喝だったのだ。商売は繁盛し、コヴァル・インガードは願ってもない快適な生活を送った。そして、アルティマが上流階級の家で召使いとして働いていることを突きとめた。

ある日、自分の花嫁を遠くから、庭の柵越しに見る機会があった。元気そうにしていた。コヴァル・インガードは安心した。アルティマをただちに助け出す必要はない。いまや入念に準備をととのえられる状況だ。すぐに準備を開始した。

その直後だった。テル・フェンが顧客のひとりに殺されてしまい、その所有物はすべて競売にかけられた。

コヴァル・インガードのこんどの行き先は惑星ティンカウでもまったくべつの地域で、もはやアルティマに会えるチャンスは皆無《かいむ》だ。頭がおかしくなりそうだった。

そんななか、もう長いあいだ、捕虜になったほかの〝テラの子供たち〟とは縁が切れていた。かれらはティンカウのあちこちに散らばっていたし、とっくの昔にサショイ帝国のほかの惑星に連れ去られた者もいただろう。もしかれらがまだ生きていたらの話だが。

コヴァルの目標はただひとつ、都市に帰ること。そして持ち前の粘り強さで逃亡をくり返した。かれの新しい主人は、何度も逃げる頑固者を捕まえるのに嫌気がさし、さっさと売りはらった。次の持ち主も、同じだった。コヴァル・インガードの値打ちは下がり、それにつれて、所有者の質もあたえられる仕事の質も下がっていった。

そして、恐ろしいことが起こった。

そのときかれはだれの所有物でもなく、逃亡中だった。食糧と一夜をすごす安全な場所を探して空き家に忍びこんだ。かれはすでにサショイの技術でつくられたものを使いこなせるようになっていたので、ニュース装置のスイッチを入れた。

リアルなカラー映像のなかに、かれは恐ろしい出来ごとを見た。ズタズタになったパビリオンが炎に飲みこまれ、若いサショイ人が茫然とカメラを見つめ、救助者が走りまわり、襲撃を知らせる声が飛びかっていた。コヴァルにはなにも聞こえなかった。かれが見たのは、瓦礫《がれき》のなかから引きずり出される動かぬからだだけだった。

*

アルティマが死に、すべてが変わった。その瞬間まで、コヴァルは自分がなぜ戦い、運命にさからうのか考えたこともなかった。かれはただ、自分の目の前にいる娘の顔だけを見ていた。

その顔は見えなくなり、大きな空洞が生まれた。

サショイ人が近づいてくる音がしたので逃げたが、その逃亡には目標がない。ただ機械的に走っているだけだ。そうするほかない。だから、かれはすぐに捕まった。

もうだれひとりとしてかれをほしがらなかった。商人たちは、この気むずかしいＩＱに客を見つけるのは無理だと考えた。だがコヴァル・インガードの態度はもう反抗的ではない。放心状態でぼんやり前を見つめるだけで、とてもなにかの役に立つようには見えなかった。

長いあいだ、かれは汚い宿泊所でうつらうつらしていたが、やがて同じように感情が鈍磨した奴隷たちが連れてこられ、貧弱な〝商品〟をまとめて捨て値で買いとるサショイ人があらわれた。

「わたしたちは鉱山に連れていかれる」と、だれかがいった。

コヴァル・インガードにはどうでもよかった。

サショイ人がきて、食事と忌まわしい褐色の粗悪酒の入った杯を配った。コヴァルはこの飲料をいまもきらっていたが、からだに活力をあたえる効果があった。ただ機械的に食べたり飲んだりし、車に乗るようにいわれれば、ほかの人に混じって快く乗りこんだ。車は市街地を通り抜け、暗闇のなかを進み、ふたたびドアが開いた。コヴァル・インガードが目にしたのは、柵でかこまれた広場の上に張られた大きなグレイの防水布だった。

かれは門を通り抜け、地面にしゃがみこんだ。寒くて風の強い日で、地面にはうっすら雪が積もっていた。ほかの奴隷たちがあとからなだれこんできて、力の強い者がまんなかのスペースを確保しようと争いはじめると、コヴァルは歯向かうことなく場所を譲った。柵にもたれかかり、風を感じながら目を閉じて、ブガクリスとドラゴンの夢を見た。

だれかがその名を呼ぶのを聞くまで。

「トロナハエ」

かれは身をすくめた。

いまはトロナハエの民がハウリ人の種族のひとつであることは知っていた。ハウリ人はさまざまな惑星にいて、その種族にはさまざまな名前がつけられている。

けれどもトロナハエはブガクリスにしかいない。

「やつらは未開人だ」と、先ほどの声がいった。「われわれに危険をおよぼすような武器も持っていない。こんどこそメテモアを訪れようと思っている。ブガクリスには獲得できる宝物がいくつかあるし、メテモアにはその手のものが山ほど見つかるだろう」

「いいだろう」と、もうひとりの声がいった。「わたしのとり分が正当なら参加する。人手はたりているか、ドル・ハラン？」

「だれか知り合いがいるなら……」

「ちょっと探してみるよ」

「よろしく。では《マアシェル》で落ち合おう、昼ごろに」

「時間厳守で」

一方のサショイ人が立ち去った。もうひとりはしばらく、柵のそばに立っていた。コヴァル・インガードは気づかれないようにその男を観察した。毛深いやつが振り返って自分をじっと見つめたのであわてて頭を下げた。

そのサショイ人がこっちへ近づいてくる音がした。

〝テラの子供たち〟の村を襲った連中のひとりだろうか？　もしかしたらコヴァル・インガードに見おぼえがあるのだろうか？

だがそれはあり得なかった。コヴァルは頭をあげ、さも関心がなさそうにして異人を見た。その男はすぐに向きをかえて行ってしまった。

コヴァルはサショイ人が向かった方向を記憶した。ドル・ハランと呼ばれたその男は、宇宙船《マアシェル》の船長にちがいない。もし自分が《マアシェル》に乗りこめたら……

放心していたコヴァルが、まるで人が違ったようになった。

ブガクリスに行く《マアシェル》に乗りこむか、死ぬか。こんなチャンスはもう二度とないだろう。

ティンカウにとどまる理由はなにもない。それに、鉱山のことはすでに耳にしていた。鉱山はこの星系のほかの惑星にあり、役に立たなくなった奴隷が連れていかれる。多くの奴隷にとってそこは終着駅だった。

だがコヴァル・インガードは違う、とかれは心に誓った。

テント屋根の下を見まわした。奴隷たちが無関心なようすで地面にしゃがんでいる。入口にはサショイ人の監視が立っていたが、柱にもたれて居眠りしていた。

ここにいるような奴隷は、もはや見張る必要もない。すくなくともそう見えた。コヴァル・インガードはゆっくりと柵に沿って歩き、ここに到着したときに記憶した場所までできた。当時はいまとはまったく異なる意図だったが。テント屋根を支える支柱は太くて頑丈だったが、そのうちの一本はすこしかたむいており、柵とテント屋根のあいだに細い隙間ができていた。スリムで敏捷な者なら通れるくらいの幅だった。コヴァル・インガードはこれまでの人生でいまほど痩せているときはなかった。

もう一度周囲を見まわしたが、あたりはしずまり返っている。かれは音もなく支柱を登り、テント屋根に到達すると、反対側の地面に固定されているロープを探してつかんだ。この屋根から飛んで逃げられるかもしれないと思ったころを思い出した。なんておろかな考えだ。絶対うまくいかなかったはずだ。

いまはもっと賢くなった。隙間から這い出ると、慎重にロープを滑り降りた。地面に着くと、身動きせずに耳を澄ました。

なにも聞こえない。だれにも気づかれていない。かれは闇のなかでほくそえんだ。奴隷の数を数えた者はいなかった。かれが姿を消したことにもおそらく気づかないだろう。

歩哨に気づかれないと確信できるまで、かれは地面を這っていった。それからドル・ハランが向かった方向に、みぞれのなかを歩いていく。道は遠かったが、故郷のことを思うとあらたな力が湧いた。船が見えるまで歩きつづけた。

巨大な黒い船が目の前にそびえていた。地面に近い一カ所だけがかすかに光っている。かれはサショイ人の宇宙船について知識を得る手助けをしてくれたテル・フェンに感謝した。

光はメイン・エアロックをしめしていた。コヴァルは用心深く忍びより、監視がやってこないか見張ったが、だれひとりあらわれなかった。そして、この好機を逃すまいと音もなく傾斜路を駆けあがった。かれはなかに通じるハッチの開け方を知っていた。主人のためにあらゆる扉を開けるのは、奴隷の仕事のひとつだったからだ。だれに見られることなく、かれは船のなかに入った。

5

一瞬、現実にもどるのに苦労した。かれは暗闇のなかに横たわり、柔らかい物音を聞いていると、航行中の宇宙船内に充満していたざわめき、すくなくともかれがかくれていた倉庫のなかの音を思い出した。

そして、雨が降っていることに気づいた。この季節にしてはめずらしい。すくなくともこの強さの雨は。そのしずくは、かれがかぶっているドラゴン革の飛翔皮にあたってパラパラと音を立てた。

自分は暖かく、濡れてもいないが、異人たちはどうしているだろう。かれらの衣装は身を守るには不十分に見えたが、見た目だけではわからない。サショイ人のスーツのことも誤解していた。あとになって、その薄い衣服が厚いキモン皮より暖かいことを知った。それからは、なぜサショイ人が毛皮を掠奪する必要があるのかますます不思議に思った。サショイ人が輝く衣服に毛皮をつけくわえるのがファッションと呼ばれる現象のひとつだと気づいたのは、ずっとあとになってからだった。

かれはもう異人たちのことを心配しないことにした。朝までの短い時間なら、すぐに凍死することはないだろう。そもそも、どうなろうが知ったことか？

かれらはブガクリスの住民を助けにきたのではなかった。かれらもまた、サショイ人と同じように恥知らずなのだろう。

かれはサショイ人を憎んでいた。ときがたってもそれは変わらなかった。

サショイ人がハンググライダーのあつかい方をろくに知らないのと同じぐらい自分は宇宙船のことを知らないのに、何日もかくれているのは容易なことではなかった。

ブガクリスにもどろうという考えが浮かんだとき、最初は自分の持っている力が総動員された。すべての不幸のあとにあれほどの力がのこっていようとは思ってもいなかった。船内は暑く、貨物室は暗闇で、そのなかを水や食糧を探しもとめて歩きまわる。乗員がひとりも降りてこないそんな場所でかれは疲れきり、力つきた。ときには、はたして旅の終わりまで持ちこたえられるのかと弱気になった。

それでも、満足しなければならないと自分にいい聞かせた。すくなくとも自分は自由人として死ぬ。おそらくかれの遺体が発見されるのは、ブガクリスに着陸してからだろう。自分の身に生じたすべての出来ごとの最後に、せめて故郷の惑星で眠りに就きたいと願うほかないのではないか？

そんなつまらないばかげた考えと格闘しながら暗闇のなかで横たわり、最低限必要なものを調達しようという気力もほとんどつきかけていた。

そしてある日、かすかに衝撃を感じたかと思うと、間断なくつづいていた騒音がやんだ。

コヴァル・インガードはその意味を理解するまで時間がかかったが、元気を奮い起こして立ちあがり、メイン・エアロックが見えるところまでこっそり近づいていった。エアロックは開いており、歩哨も見当たらない。用心しながらさらに近づくと、空気の流れを感じた。

立ちどまり、深呼吸した。

そうだ、ここはブガクリスだ。においでわかる。わが故郷だ。

人類の子孫が暮らす山岳地帯からは遠くはなれた砂漠に《マアシェル》が着陸したことなどなんでもない！　トロナハエの民は粗暴だが客を厚くもてなす部族だから、コヴァル・インガードがテラニア山へ帰還する手助けをしてくれるだろう。そうでなくても、コヴァルがこの数日で移動した距離とくらべれば、ブガクリスでの道のりは問題にもならない。

かれの唯一の願いは、一刻も早く故郷惑星の土を踏むことだった。だが外はまだ昼間だ。サンドラと呼ばれる恒星は低く、その光は埃《ほこり》と霧でどんより曇った空から赤く陰鬱に降りそそいでいたが、サショイ人は目がいいので暗闇でもよく見えた。

かれが薄暗い片隅にうずくまって考えごとをしていると、フーッと息を吐く音が聞こえてきた。

その音が、サショイ人が魔法のような方法で命令できる命とりの風でないことは、いまならわかる。かれには学んだ教訓があった。サショイ人は魔法を使えるわけではない。テクノロジーがあるだけで、それがすべてだ。

外ではサショイ人がパラライザーでトロナハエの民を撃っていた。かれらを集めてIQとして売り飛ばすのだろう。

コヴァル・インガードはトロナハエたちの心の内についてはよく知らなかったが、かれらのなかにも若い男女がいて、コヴァルとアルティマが愛し合っていたのと同じようにかれらも愛し合うのだろう。厳密にいえばトロナハエは生物学的にまったく異なる種族に属するが、そんなことは問題ではない。かれらも惑星ブガクリスの住人だ。うぬぼれの強いサショイ人がかれらを商品のように好き勝手にあつかう権利はどこにもないのだ。

コヴァル・インガードはこっそりエアロックに接近し、周囲を見わたすと、すぐに探していたものを見つけた。サショイ人はおろかではないが思いあがっていた。自分たちの文字をだれも読めないこの惑星で、安全だと油断していた。

だれも。〝テラの子供たち〟の部族の〝選ばれし者〟をのぞいては。

図面は一目瞭然で、判読はかんたんだった。武器庫はなんなく見つかった。パラライザーは何度も見たことがあったので、どれだかすぐにわかった。持てるかぎりのパラライザーをかつぎ、エアロックにもどった。

それほど長く待つ必要はなかった。トロナハエの民はサショイ人にまったくの不意打ちをかけられていた。抵抗するすべはなにもない。捕虜として船へ運ばれた。多くのサショイ人が砂漠の民の集落を掠奪しているあいだに、ほかの者たちが捕虜を船に乗せた。だがそれもエアロックまでだった。サショイ人はおのれの武器に撃たれてその場に倒れた。エアロックの前の床には麻痺したからだが散乱し、あっという間にサショイ人とトロナハエ人がならんで横たわった。

ところがトロナハエの民はほかの生物よりも麻痺から立ちなおるのが早かった。コヴァルはそれを知っていて計画を立てた。

最初にトロナハエのひとりが目をさまし、《マアシェル》のエアロックに武装した山の民がいるのを見てすこしとまどった。だが、コヴァル・インガードが自分たちになにをもとめているのか、すぐに理解した。

かれらはコヴァルが投げてよこした武器のテクノロジーや作動方式のことはなにも知らないが、そんなのはよけいな知識だ。コヴァルは狙いを定めて撃つ方法だけを伝えると、あとはトロナハエたちにまかせた。そしてかれらはただちに実行した。

サショイ人が異変に気づいたころにはもう手遅れだった。何人かは砂漠の集落に立てこもろうとしたが、トロナハエ人は、とくに激怒しているときは、優秀な戦士だった。そしてそのとき、かれらははげしく怒っていた。コヴァル・インガードは、かれらが憤激のあまり敵の喉を切り裂こうとするのをとめるのがやっとだった。

「なぜ手かげんする？」と、問う声は怒りに震えていた。「これがはじめての襲撃じゃない。やつらは死んで当然なんだ！」

　そしてそれは、おそらく正しかった。

　だがコヴァル・インガードはサショイ人がほかにもはるかに危険な武器を持っていることを知っていたし、かれらの報復を恐れてもいた。ＩＱハンターをはねつけた種族に対してかれらはときとして非常に残忍になり、最後は反撃できる者がだれひとりいなくなったと聞いていた。

　コヴァルは異人たちを生かしておいたほうがいいとトロナハエたちを説得した。それから船にもどり、司令室にある壊せそうなものはすべて鉄の棒でたたき壊した。サショイ人は壊されても修理はできるが、すくなくとも時間が必要だろう。

　トロナハエたちは武器を砂漠の砂に埋めた。不気味なものとはできるだけかかわりたくなかったからだ。

　そして、自分たちが所有する三隻の砂漠船にこまごました荷物を積みこみ、コヴァル

・インガードを乗せて大急ぎで逃げ出した。というのも、かなりのスピードで砂嵐が近づいていたからだ。

トロナハエの民は砂嵐を大変恐れており、逃げるために可能なかぎり南へ向かった。恒星の位置の変化で、コヴァル・インガードは《マアシェル》がブガクリスのずっと北に着陸したことを確認していた。砂漠の都市メテモアの富について仲間に自慢したときのドル・ハランは、明らかに大口をたたいていた。すくなくとも北にはなにもない。

砂漠船は人が休養できるところではない。それでもコヴァル・インガードは骨休みした。トロナハエ人はかれに感謝し、精いっぱい食事を提供した。おいしい食事はその役目をはたしたが、コヴァルにとってそれ以上に重要だったのは、故郷にもどったという事実だった。

北のほうからなにか暗いものがひゅーひゅーと音を立てながらやってきたとき、コヴァルは自分がミスをおかしたことを悟ったが、もう遅かった。

かれは手の甲のちいさな機器を忘れていたのだ。弁解のしようもないが、完全に忘れていた。そしてもちろん、かれはサショイ人の宇宙船が奴隷用の探知機を搭載しているとは予想していなかった。

黒っぽいものを見たとき、なにが起こったかわかった。

サショイ人は失神から目ざめ、怒りで口から泡を吹いていた。大丈夫だと思っていた獲物が逃げ出したからだ。さらに激高したのは、宇宙船の設備が壊されていた上に、自分たちの武器でやられたからだ。

もちろん、自分たちをこんな状況に追いこんだのは素朴な砂漠の若者たちではないことは見当がついた。こんな信じがたいような危害をくわえられるのはもと奴隷だけだ。そしてサショイ人が自分たちの奴隷を解放する方法はひとつしかないので、印を身につけたまま逃亡したＩＱにちがいなかった。

コヴァル・インガードはかれらの船をしばらくのあいだ麻痺させたが、ちいさな船を搭載していたことを見落としていた。

しゅっしゅっと音を立てるもので発砲がはじまったとき、サショイ人はもともと得意ではないユーモアのセンスを完全に失っていた。砂漠船のうち一隻はすぐに炎上し、ほかの二隻はマストが折れて砂のなかで横転した。トロナハエたちは悪魔に追いかけられているかのように……それはあながちまちがいではなかったが……またたく間に隣りの砂丘に消えていった。

それでも、サショイ人ならかれらを見つけるだろう。

だがかれらは、砂漠の若者たちのことはさしあたりどうでもよかった。コヴァルにはその理由は察しがついていた。サショイ人はなによりもまず逃げたＩＱに報復したいのだ。そしてどこを捜せばいいのかも知っていた。

コヴァル・インガードは冷静に状況を受け入れた。かれはブガクリスへの帰還を成し遂げた。それに匹敵するはなれ技をやってのけた奴隷の数はきわめてすくない。かれはトロナハエの民をすくなくとも一時的に恐ろしい運命から守り、憎らしいサショイ人の鼻を明かした。それ以上のことが可能だろうか。自分のしたことに責任をとり、サショイ人から逃れ、安全な場所に移動するときだ。コヴァル・インガードは毛皮の異人たちさえ、もはや自分に危害をくわえることができない場所がただひとつあることを知っていた。

かれはトロナハエ人がくれた美しい短剣をつかんだが、それを実行する前に気を失って手すりから転がり落ちた。

かれが最後に思ったのは、この決断が間に合うことはおそらくないだろうということだった。

＊

コヴァル・インガードが思い違いをしていることがひとつだけあった。ドル・ハランはたんに怒っていたのではなく、腸《はらわた》が煮えくり返っていたのだ！

かれが捕虜の前で仁王立ちすると、サショイ人の足もとに風が集めた砂がコヴァルの顔に直接吹きつけられた。涙で目が見えなくなる前にコヴァルがＩＱハンターを見たのは、ほんの一瞬だ。だがそれだけで充分だった。

サショイ人はパラライザーの威力にたよらず、捕虜を縛りあげた。コヴァルはかれらが自分を殺すことを望んだ。ともかく、ティンカウに連れもどされるよりはずっとましだ。IQとしての〝経歴〟で従順だったことは一度もなかったので、今回の逃亡のあとでは、だれもかれを買わないだろう。そうなれば、見せしめのためにゆっくり殺される。ティンカウにいるほかのIQがことの詳細を知るように。

ブガクリスであっという間に死ねるほうがありがたい。

ドル・ハランが連れているわずかな部下たちも激怒し、この場で処刑したがった。だがドル・ハラン本人は残念ながら冷静で、そんなことはさせなかった。

「服を脱がせろ！」と、部下に命じた。「だが痛めつけるんじゃないぞ。それをやるのはこのわたしだ。それを忘れるな！」

コヴァル・インガードにとって、いい話ではなかった。

かれは汚れた奴隷服を《マアシェル》のそばの砂丘にのこしてきた。パラライザーといっしょにトロナハエ人が埋めたのだった。コヴァルは、あの忌々しい布きれを見逃していたことをとても悲しんだ。かれはトロナハエがくれた服を着ていたが、そのことでサショイ人がいらだったのではなかった。かれらのうちのひとりが、ぴーぴー音の鳴るちいさな箱を持っていた。その箱は、コヴァル・インガードに近づくにつれて音が大きくなった。かれらは、すべてのトラブルがかれのせいであることを知った。

ドル・ハランの遠征が準備万端だったことはまちがいない。部下たちがコヴァル・インガードの服を脱がせているあいだ、かれは勢いよく鞭《むち》を振りまわした。勢いあまって部下のひとりを鞭打ってしまうほどだった。打たれた者が腹を立てて大声でわめいた。

コヴァルは、自分がもっと大きな声を出すことになるのではないかと恐れた。うつ伏せにされ押さえこまれ、目を閉じて早く終わるよう祈った。そのとき驚いたような叫び声がした。

「なんだ?」

コヴァルにはなにが起こったかまったくわからなかった。

「この蛮人が!」サショイ人はさげすむようにいった。「さっさとやってしまえ! なにをぐずぐずしている?」

「うるさい!」ドル・ハランがどなりつけた。「大ばか野郎。金塊の上に三時間すわっていてもそれが金だと気づかないばかどもめが! 場所をあけろ。こいつをしっかり押さえていろ!」

そんな心配は無用だった。四人がかりで押さえつけていたからだ。

「なんとなく見おぼえがある」ドル・ハランはコヴァルの頭のすぐ上でそうつぶやいた。

「どこでこれを?」

コヴァルはなんのことかと頭を悩ませた。ドル・ハランは、かれの肋骨に蹴りを入れて事態をはっきりさせた。

「おまえに訊いているんだ！」と、声を荒らげた。「背中の模様の由来は？」

コヴァルはようやく、それが前兆の印のこと、つまり〝テラの子供たち〟の長老の秘密のことだとわかった。さらに神聖な秘密もあった。それをサショイ人に売りわたすわけがない。コヴァルは口をつぐんだ。

「力ずくで真実を聞き出す」ドル・ハランは警告した。「痛めつけられる前に、この模様について知っていることをすべて、いますぐ話したほうがいいぞ」

それでもコヴァルが黙っているので、サショイ人は警告したことを実行にうつした。かれらは注意深く背中をはずして鞭打った。

コヴァル・インガードは、苦痛に耐えかね、この模様は山の民〝テラの子供たち〟の前兆の印をあらわしているとだけ伝えた。というのも、かれ自身もそれ以上のことは知らないからだ。それを聞いてドル・ハランは、驚いたことに、逃亡奴隷をそっとしておくよう部下たちに命じた。

「やっとわかったぞ！」ドル・ハランがコヴァルに向かって叫んだ。「くそ！　それがもし本当にわたしが思っているとおりなら、このみじめな惑星などどうでもいい！」

ドル・ハランはちいさくしゅっしゅっと音のする物体に駆けよった。部下たちはドル

・ハランがいないあいだ、鞭をならして、コヴァル・インガードの命が終わりに近いとわからせた。やがてドル・ハランがもどってきた。コヴァルのまわりを歩きまわり、何度もカチカチ音をさせている。コヴァルはドル・ハランが前兆の印の写真を撮っているのだと考えた。

「いったいなにをしているんです？」部下のひとりが不満げにいった。「こんなばかげたことで時間をむだにしてどうするつもりですか！」

「こんなばかげたことが」ドル・ハランがどなり返した。「われわれを金持ちにしてくれるんだ。約束するよ。わたしは同じような模様を前に一度見たことがあるんだ」

「本当に？　わたしはただ、この蛮人とこんな子供だましのことで時間をむだにするなんて、あきれているだけですよ」

「わたしは前にもこんな模様を見たことがある」ドル・ハランは声のトーンをあげてくり返した。「そのときはこんなふうに曲線で装飾されていなかったから、すぐにはそれとわからなかったが、わたしはこれが解読できる」

「どういう意味なんです？」

「宇宙のどこかに存在するという伝説の蛮人の巣について聞いたことはないか？」

「聞いたことはありますが」コヴァルを押さえつけている男のひとりがぼそぼそと答えた。「でもそれはおとぎ話ですよ」

「それがそうでもないんだ」ドル・ハランは反論した。「この記号は宇宙のある一点をしめしている。これは座標だ」

　コヴァルは痛いほど強烈な視線を浴びた。

「宇宙座標がどうしてこんな蛮人の背中にあるんです?」サショイ人のひとりが不思議がった。「それにこれはなんという文字でしょう? こんな記号は見たことがない!」

「これは古い文字だ」ドル・ハランは辛抱強く説明した。「とても古い文字だ。《マアシェル》にはこの記号を翻訳するのに役立つ資料がある」

　それを聞いてサショイ人は大いに興奮したようだった。コヴァルは自分がそれほど強く拘束されていないことに気づき、破れかぶれの勇気を出して筋肉を緊張させた。次の瞬間、かれはサショイ人をはらいのけた。飛び起きると両手両足で細かい砂を舞いあげ、転覆した砂船の下をまっすぐ走り去った。

　この方法で虐待者から逃れられる望みは薄かったが、もしかしたらひとりやふたりは道連れにできるかもしれない。もう自分のこともなにもかも、どうにでもなるがいい。

　サショイ人も破れかぶれなのか、ふたりが難破船を撃った。だがその武器は音だけでなく火も噴いた。

　そしてそれがまちがいのもとだった。

　トロナハエの民は砂漠を熟知しており、いまいる場所がオアシスから遠くはなれていることを知っていた。徒歩でこの冒険を乗り切るのはとうてい無理だ。そのため、外観がどんなにひどくてもかれらはその船が必要だったのだ。

コヴァル自身、かれらがまだ近くにいることを知らなかった。かれらはもう逃げ去ったと思っていた。実際は、隣りの砂丘の稜線《りょうせん》の向こう側に横たわり、うまくカモフラージュしていた。サショイ人が砂上帆船を完全に破壊しようとしたのを見て、攻撃をはじめた。

サショイ人は驚いて逃げはじめた。あるいは、貴重な品が掠奪できると考えていた、なぞに満ちた蛮人の巣のことが脳裏をかすめたのかもしれない。いずれにせよ、かれらはあわてふためいてちいさな船にもどり、飛び去った。

トロナハエたちの勝利の雄叫《おたけ》びが砂漠じゅうに響きわたった。その間、コヴァル・インガードは雑然としたキャビンでうずくまっていた。トロナハエたちはなぜか整頓が苦手だったのだ。コヴァルが適当なナイフを見つけるまで大分時間がかかった。

サショイ人の〝印〟をくすぶっている最初の帆船にのこし、それが熱に耐えられないことを願った。

6

雨はやんでいたが、岩のあいだからはまだいたるところで水が滴《したた》り落ちていた。コヴァルはかぶっていた飛翔皮をはねのけると、ローダンとアトラン、そしていけ好かない毛の生えた同伴者を探した。コヴァルの思っていたとおりになった。特に世話を焼かなくてもかれらは自分たちだけで問題なくひと晩を乗り切っていた。

朝は冷えこみがきびしかったが、コヴァルは上着を脱ぎ、数時間後には消えてしまうわずかな水流で洗濯をした。異人たちの視線を肩甲骨のあいだに感じ、ドル・ハランを思い出した。

「これは〝テラの子供たち〟の部族の前兆の印です」そう説明しながらふたたび上着を羽織り、質問される前に先手を打った。「宇宙座標だといわれました」

「この座標は解体された《バジス》がある場所をしめしている」と、ローダンがうなずいた。「ドル・ハランという名のサショイ人を知っているか？」

こんどはコヴァル・インガードが驚いて振り向いた。

「そいつとかかわりがあるのですか?」と、はげしい口調で聞いた。

「かつてはな」ローダンは平然と答えた。「死んでしまった」

アトランはかたく握りしめられたコヴァルのこぶしを見つめた。この男は〝テラの子供たち〟の民で、身長は一メートル六十二センチしかなく、痩せて、両肩は骨張っており、しぶとくて強靭《きょうじん》だとひと目でわかる。ブガクリスのきびしい条件下で育ち、緊張するとこのように目をみはるほどの筋肉があらわれる。コヴァルはテラ年齢でおよそ二十四歳。瞳は黒く、銀色の髪を肩まで垂らしている。着ているものはシンプルだ。ズボンと上着、グレイのドラゴン革でできたブーツを履き、同じ材料のヘアバンドを巻いている。ドル・ハランの訃報に、かれは特段の驚きを見せなかった。こぶしを開いて肩をすくめた。

「ひとり減った」と、無愛想につぶやいた。「悼む気はないです。かれは蛮人の巣を探していました」

「かれはそのかわりに《バジス》を見つけた」と、ローダン。

「宇宙空間で?」

「ほかにどこがある?」

「この近くにある卓状山地を、わたしたちは小バジスと呼んでいます」コヴァルは額にしわをよせて説明した。「わたしは洞窟の民のハンガーたちがとくに好きというわけではありませんが、サショイ人がくるのも歓迎しません」

「そこではない」と、ローダンは断言した。

「よかった」コヴァルはそっけなくそういうと急斜面を見あげた。「ここを登るのはみなさんにはきびしいでしょう。不安定な岩が多い上に、雨のあとはどこもかしこも滑りやすいです」

「きみが登れるならわれわれも大丈夫だ」アトランはからかうように請け合った。

「わたしはこんな難儀な登攀をする気はありません」コヴァルはそう答えると、しっかり防水されたドラゴン革を指さした。昨夜はこれをかぶってすごした。「飛んだほうがずっと速いんです。でもあなたがたは重すぎます。いっしょに連れていくことはできません。それに、ひとりでは飛べないでしょうし」

ローダンとアトランは納得しないようすで、グッキーは自分の一本牙を見せた。

「きみより先に上に着くよ！」

コヴァルは笑った。

「まじめにいってるんだ」と、アトラン。「先に飛べばいい。われわれはすぐ追いつくから」

コヴァルは異人たちの頭はおかしいが、自分には関係ないことだと思った。ちゃんと警告はしたのだ。それを聞き入れないなら、かれらの責任だ。それに、村から何人かかれらを迎えにやることもできた。そのときかれらがまだ生きている可能性もないことはない。

かれらはコヴァルが革をひろげてグライダーを組み立てるのをじっと見ていた。

「あなたがたは本当に『ログ』が見たいのですか？」と、コヴァルが訊ねた。

「それがきみについて行く理由のひとつだから」と、ローダンは答えた。

「でもその本はとても古いですよ」

「だれに向かっていっている！」アトランはため息をついた。「およそ七百年前のものだ。われわれはこの問題をだれよりもよく知っている。きのうは銀河系やテラについて話したが、それもおよそ七百年前のものだ。われわれは、そのあいだになにが起こったのかは知らない。もしかしたらその『ログ』でその期間のことがわかるかもしれない」

コヴァルは自分がこの『ログ』についてほとんど知らないことを思い出した。

「それはどうでしょう」と、おちついて答えた。「お探しのものについて、あなたがたは誤解しているのではないかと思います。その『ログ』はふつうの本ではありません」

「われわれはそれでも『ログ』を読むことができる」と、ローダンはいい張った。

コヴァルは、自分がやれるだけのことはやったと考えた。風をたしかめ、条件のいい場所を探して飛び立った。振り返ると、岩のあいだに異人たちがいた。こちらに手を振っている。かれが手を振り返すと期待していたのなら、がっかりだろう。早朝の上昇気流はまだかなり危険で、手をはなしてまで感傷的な挨拶をする気はない。

　上昇しながら、異人たちがドル・ハランについていったことを考えていた。サショイ人が前兆の印を翻訳するのにしばらく時間がかかったのだろうと結論づけた。

　異人たちが教えてくれたことから考えると、ブガクリスの住人が、かれらが何度も口にした《バジス》乗員の子孫ではないかと推測しているのは明らかだった。コヴァルは、かれらと山の民とのあいだに血縁関係があることが証明されたら、すくなくともローダンやアトランのような人たちには協力する義務が生じるだろうと考えた。

　それは悪い考えではなかった。

　サショイ人は宙航士で、ローダンやアトランとその仲間たちも同じように宙航士だ。これ以上サショイ人が惑星ブガクリスで掠奪をするのを防げるかもしれない。

　異人たちを置き去りにしてしまったことを後悔しかけた。かれらは自分が最初に思った以上に重要な存在だったようだ。できるだけ早くかれらに助けを送ることにした。いちばんいいのは、すぐに自分でもう一度飛んで降りることだ。力を合わせれば、なんとか異人たちを村まで運ぶことができるだろう。

　鋭い口笛が聞こえ、うれしそうに手を振る数人の牧人や羊飼いの少年が見えた。この星にもどってこられたことで、かれは部族のなかで有名人だった。

かれは頂上の牧草地、岩と岩のあいだに細くのびる草原の上空を飛んだ。見おろすとキモンのちいさな群れが滑るように移動していき、あちこちにちいさな野菜畑があった。畑はちいさな岩のくぼみにあって、しっかりと守られている。

下の谷にはもっと肥沃《ひよく》な土地があったが、そこで野菜を栽培しようとはだれも思わない。下から収穫を運びあげるなど、とうてい無理だからだ。それに、どんな食物でも食べたくてしかたない動物が多すぎた。動物の半分は野菜を食べるだろうが、あとの半分は畑で働く人間を食べるだろう。

山の民〝テラの子供たち〟はずっと前から、すこしぐらい窮屈で貧しい生活のほうが、若くして非業の死をとげるよりもましだと納得していた。

先のとがった奇妙な岩が卓状山地の山肌を貫く深い谷の入口をしめしている。コヴァル・インガードはカーブしながらとんがり岩のあいだを通り抜け、谷の入口にある草地にみごとに着地した。グライダーをていねいにたたんで背負ったときには、もう下にいる異人たちのところへ連れていく救援隊のことを考えていた。ネーサンと長老たちを説得するのはさほどむずかしくはないだろう……

「ここだよ！」背後から聞きおぼえのある甲高い声がした。

急に振り返ったのでバランスを崩すところだった。サショイ人の魔法のような技術でさえ、これほどショックを受けたことはなかった。アトランにローダン、そして毛深いやつがおちつきはらって草むらにすわり、ほほえみながらこっちを見ているのだから。

近よって、かれらが本当にそこにいるのかたしかめようとした。サショイ人はなんらかの方法で絵を立体にして、現実と区別がつかないようにできたからだ。だが、とくにグッキーが臆面もなくにやにやしているので、コヴァルはその気持ちを押しとどめた。

目立たないようにすこしだけ横へ移動して、なにか飛べるものを身につけていないか確認した。けれども、かれらが長時間苦労して徒歩でこのあたりを登ってきたようには見えないし、道具も見つからなかった。

「どうやってここへ?」と、疑り深く訊いた。

「ジャンプしたのさ」グッキーはこの上なくまじめな顔で答えた。

ジャンプした! コヴァル・インガードはこの毛深いやつに多くを期待していなかったが、それはあまりにもばかげた嘘だった。かれはその場を立ち去りかけた。異人たちと議論する気はないからだ。

「なんだい、機嫌を損ねたのか」グッキーは憤慨した。「かれはありとあらゆる秘密を身にまとって、これまでいろんなとこをさまよってきたけど、もしぼくたちがかれに……」

「そっとしておいてやれ!」ローダンがおだやかに命じた。「なんといっても、かれには疑う権利がある」

コヴァル・インガードは、自分の正しさをこの男がほんのすこしでも気づいているのか疑問に思った。

「われわれはここにくると約束した」と、ローダンはつづけた。「そして、ここにいるだろう。説明するのはとてもむずかしいが、機会があれば見せてあげよう。では長老たちのところへ連れていってくれるかな」

コヴァルは、この願いを拒絶しても意味はないと自分にいい聞かせた。異人たちはこうやっていきなり谷へこられたんだから、ひょっとしたらもっと早く村に着いていたのかもしれない。そこでかれらがなにをしでかすかは、天のみぞ知る、だ。

長老たちは非常に経験豊富な人たちだったが、ほんものの魔法が使える異人を相手にしたことはなかった。コヴァル・インガードは、自分もその話し合いに同席したほうがいいと判断した。

「こちらへどうぞ！」コヴァルの声はかなり不機嫌だった。

＊

サショイ人がやってくる前、コヴァル・インガードは〝テラの子供たち〟の集落はまったく平凡なところだと考えていた。さまざまな部族と大きな集落、そして立派な居所があった。村はかれにとって故郷であり、呼吸する空気と同じくらいあたりまえのものだった。だが異国に長く滞在し、もっといいものがあると教えられた。とてつもなくすぐれた技術を持つサショイ人には、この村の魅力として合格点がつくものはないだろう。

　サショイ人の建築物は大きくて立派だったが、冷たかった。村の建物はちいさいが、アットホームな温かみがあった。風や雪などから身を守るための家であり、木や石が整然と組み立てられ、屋根は厚く堅固で低く下がっていた。家々は、冬の寒さのなかで身をよせ合い暖め合う動物のように、ぴったりくっついて建っていた。村のまんなかの、ネーサンの家の前だけが開けていた。

　村のまわりには、〝テラの子供たち〟がちいさな畑や庭をたくさんつくっていたが、どれも常緑の藪でできた生け垣にかこまれていた。〝テラの子供たち〟は、大きな畑よりもちいさな畑のほうが収穫の多いことを発見した。風は生け垣にはばまれているので地面が吹き飛ばされることはすくない。しかも、このようなちいさな畑は、広大な畑より世話も水やりもはるかにかんたんだ。

　囲い地もちいさかった。冬が目の前に迫り、ほとんどが空だった。動物たちはもうすぐ村の近くに集められるが、牧草地に草が充分あるあいだは、羊飼いの監視の下でキモンたちが自力で餌を探すほうが現実的だと〝テラの子供たち〟は考えた。外で餌を食べられる期間が長ければ長いほど、冬に必要な餌はすくなくなる。それに、ブガクリスの冬は長く、きびしかった。

いまは早朝で、村じゅうでかまどの火が燃え、子供たちは勝手口の外に裸足でたむろしていた。人生を真剣に受けとめすぎることをかたくなに拒む、いつもおなかをすかせた、汚れて騒々しい子供たちの群れだった。かれらは母親から自立するほどには大きかったが、丸一日働きとおすにはまだちいさかった。

子供たちはコヴァル・インガードとその同伴者を見つけるなり、金切り声をあげて脱《だっ》兎《と》のごとく散り散りになり、ドアや垣根、フェンス、薪の山のうしろにすばやくかくれてうずくまると、ネズミのようにおびえ、しかも好奇心旺盛だった。かれらは全員白い肌で、ほぼ例外なく白い髪と真っ黒な瞳をしていた。子供たちがけたたましい口笛で注意をうながしたので、母親たちはあわててドアのところまで出てきたが、なにが起こったのか、どうしてよいのか、見当もつかない。不機嫌な顔で突っ立ったままじっと見守っている人もいれば、家のなかへ引っこんでしまった人もいた。だが、多くの母親は台所でも使うようなナイフや柄の短い斧などの武器を持っていた。

「友好的なみなさんだね」と、グッキーは嫌味たっぷりだ。

「用心深いだけなんです」と、コヴァル・インガードはいい返した。「わたしのそばにいるかぎり、みなさんに手出しはしませんよ」

それは明らかに警告だったが、三人もまだコヴァルからはなれるつもりはなかった。

三人はコヴァルのうしろを歩いていた。といっても、グッキーはよちよち進みながら興味津々のようすで警戒していた。

家々は屋根の端が当たりそうなほど密に建てられていた。開いたドアの向こうには、煙がただよう台所と、素朴な家具がひとつかふたつ置かれた質素な居間が見えた。かまどの上には打ち出し鍋やフライパン、レードルなどが置かれている。飾りものではない、日々の暮らしで使われているものだ。調理や盛りつけには、焼いた粘土にきれいに釉薬をかけた素朴な皿が使われていた。

〝テラの子供たち〟の人々はプライバシーを気にとめなかった。ほとんどのドアが開いていた。

建物の骨組みは太い丸太で、あいだにはていねいに削られた石が詰められ、隙間に粘土が塗りこめられている。どの家の台所も大きくて、生活の大半がそこで営まれる。台所の横には通廊があり、家全体に通じていた。通廊の反対側には寝室用の小部屋がならんでいる。通廊からは手洗い所と思われる小屋のある裏庭が見えた。中庭にちいさな花壇のある家もあった。そこにはあたたかな陽射しが必要な植物が植えられている。植木鉢の花がならんでいる家もあった。左右には木材を積んだ大きな山があり、屋根がかぶせられていた。藁《わら》やそのほかの備蓄品が積まれている家もあった。

〝テラの子供たち〟が目的に合わせて、工夫してシンプルにつくったのは明らかだった。

かれらの暮らしは楽ではないにちがいないが、克服する術を身につけていた。これらの人々の祖先が高度な技術を持つ《バジス》で生活していたことを考えると、〝テラの子供たち〟がほとんど驚くべき方法で新しい故郷に適応したことがわかる。

そして、かれらは驚くほど忘却と無縁だった。独特のアクセントがあり、明らかに自分たちでつくり出したと思われる表現も多いとはいえ、インターコスモを話している。さらには文字を書いて、できるかぎり過去の記録をたもっていた。それどころか道路標識もあり、多くの家には名前があった。名前はドア上にある幅のひろい梁《はり》にみごとな字で書かれていた。

コヴァル・インガードはたいていの同族人よりこういうことをよく知っていた。そして同行している異人たちに誇りをもってこまごまと説明した。

こうしてようやく、村の中心である広場にたどり着いた。

広場では長老たちにかこまれて部族の長であるネーサンが異人たちを待っている。

対決の瞬間がやってきた。

7

ローダンとアトランは似たような状況を何度も経験していたので、グッキーはそのテレパシー能力で大きなミスを避けるだけでよかった。

長老たちの表情を読みとるのはむずかしくなかった。かれらは真剣で威厳のあるふりをしていたが、心の底では恐れていた。異人が村にくることはつねに危険を意味したから。

けれどもグッキーはコヴァル・インガードの夢や記憶をむだに探ったわけではない。三人は〝テラの子供たち〟についてすくなくともおおまかなところは理解していた。

ここに立っているネーサンは、当然ながらサショイ人が襲撃で殺した者とは別人だ。ネーサンは個人の名前ではなく称号なのだ。

現在のネーサンは小柄ではあったが、印象的な人物だった。〝テラの子供たち〟は、格別に恰幅がいいコヴァル・インガードをのぞけばみな小柄で、異様なほど色白で、たいてい骨と皮ばかり、そして銀髪か白髪だった。最初見たときは全員アルビノだと思ったが、みな黒い目をしていた。

ネーサンと長老たちは大急ぎで最上の服に着替えていた。髪や髭《ひげ》にあわててブラシをかけたのも一目瞭然だった。子供たちのけたたましい口笛は、母親たちを驚かしただけではなかった。コヴァル・インガードが異人たちにこまごまとした説明を買って出たことも、まったく予定になかったにもかかわらず村人たちの生活を三人にのぞかせたことも、長老たちがこの邂逅《かいこう》のための準備をする時間稼ぎになった。

「三人の異人を連れてきました」コヴァル・インガードは風変わりな同伴者を指ししめし、それぞれの名前を告げた。それから十二人の長老たちを紹介した。

「ようこそ」ネーサンはそういうと、客人のほうを向いてほんのすこし頭を下げた。

「あなたがたのことはすでに聞きおよんでいる」

熱意があるようには聞こえなかった。

「見たところ、あなたがたは武器を持たずにここへこられた」と、ネーサンはつづけた。

「だが、あなたがたがわたしたちの友人になれるかどうかはまだわからない。あなたがたは多数の〝殺し屋陛下〟を殺した。その行為をどう正当化するのか？」

ローダンとアトランは、ブラックアウトのような状態で記憶を失い、戦闘の瞬間にパラライザー・モードのコンビ銃を致命的なインパルス・モードあるいは分子破壊モードに切り替えていた。〝テラの子供たち〟にとってはそんな状況は不可解であり、そのことは説明しないとあらかじめ話し合っていた。そんなことをすれば素朴な人々をさらに混乱させるだけだから。

「ドラゴンがあなたがたの保護下にあるとは知らなかった」と、アトランは冷静に答えた。というのも、交渉はかれがおこなうようローダンがそれとなく合図してきたからだ。アルコン人は未開人、とくに人類と起源を同じくする未開人のあつかいに経験があった。

「ドラゴンはわたしたちの保護下にはない」ネーサンは陰気に答えた。「きわめて手強《てごわ》い敵だ。挑発するのはおろかで危険だ」

「ドラゴンがわれわれを攻撃してきた」と、アトランが指摘した。「しかも大群で襲いかかってきた。防戦する以外の選択肢はなかった」

「もし弓矢で身を守っていたら、われわれはきょうここにいなかっただろう」と、アルコン人は反論した。「そもそもその種の武器は持っていなかったが。大あわてで、どこかから手に入れればよかったのかね？」

老人はすぐには答えを思いつかなかった。

「あなたはこの村のネーサンだ」ちょっと間を置いて、アトランはつづけた。「われわれの故郷、はるか遠くの銀河系にある惑星テラでは、その名は知恵の化身を意味する。どうすればドラゴンからあなたがたを守れるか教えてくれ。われわれはそのとおりにする。それと、あなたがた〃テラの子供たち〃が自前の武器を持ってドラゴンに立ち向かう準備ができているかどうかも教えてほしい。また、手段のかぎりを尽くして〃殺し屋陛下〃と戦っているのかどうかも」

ネーサンはあえぐように口をぱくぱくさせ、なんとか言葉を絞り出した。

「わたしたちはもちろんそんなことはしない」

「もちろんだ。それはおろかなことだ」と、アトランは優しくいった。「あなたがたがすでに火器を使いはじめているのは見た。〃殺し屋陛下〃は弾から身を守ることはできない。われわれが使った武器と同じで。あなたがたは人類だ。われわれと先祖は同じだ。あと数世紀、あるいはわずか数十年で、われわれが使っているのと同じような武器を持つようになるだろう。そうすれば、ドラゴンがあなたがたと共生できるかどうか決まるだろう」

「〃殺し屋陛下〃はけっして共生などしない！」

「それなら、ドラゴンは死ぬだろう。あなたがたはかれらを殺すほかないのだ」

「違う！」

「あなたがたや子供たちの安全と、ドラゴンがいつでもどこでも殺意を持てる自由。その両方を手に入れることはできない。抵抗をあきらめたら、ドラゴンはあなたがたを絶滅させるだろう」

「そんなことはさせない」ネーサンはかたくなに答えた。

「どうやって？」

ネーサンは助けをもとめてあたりを見まわしたが、みなとほうにくれて黙ったままだ。

「両方手にする方法はひとつしかない」と、アトラン。「ドラゴンと意思疎通するんだ。ブガクリスは大きい。ここなら人間とドラゴンが共生できる。たがいに道を譲るなら」

「しかし、かれらはわたしたちと意思疎通しようとしない！」と、ネーサンが声を荒らげた。

「それは変えられる。いままでドラゴンがあなたがたの動機について頭を悩ますような深刻な理由はなかった。あなたがたより大きくて強いし、故郷であるこの世界に精通している。それに対してあなたがたはよそ者だ。この世界の自然に負けずに生きていくには人工の補助手段が必要だ。あなたがたがドラゴンと同じくらい強ければ、ドラゴンは意思疎通しようという気になるだろう」

「わたしたちの善意をドラゴンが信じてくれるならかんたんなのだが」ネーサンは力なく返事した。「ドラゴンにとって人間はどれも同じだ。それにハンガーの民はドラゴンの巣穴を荒らしている」

「小バジスの住人が？」

「そうだ」と、ネーサンはため息をついた。「かれらはあの上のほうの山に住んでいる。

ずっと以前からドラゴンのテリトリーだった場所だ。あの山には鉱石や貴重な鉱物があるが、それらはすべて岩塊の奥深くにある。だから、かんたんには近づけない。ドラゴンは太古の昔からこの山に巣をつくっている。巣穴は岩の奥深くまで達している。ハンガーの民はこの穴を使って鉱石や鉱物をとり出し、ドラゴンのじゃまをしている。かれらは洞窟の入口を封鎖し、ちいさな〝殺し屋陛下〟を頻繁に殺している」

「ハンガーたちと話し合ったほうがいいかもしれないな。もしかれらが自分たちのしていることを知ったら、ふるまいを変えないだろうか？」

「それはすでにやってみた」そういうネーサンはとても不幸そうに見えた。「洞窟の民であるハンガーたちはわたしたちのいうことなど聞く耳を持たない。かれらはほかの部族が必要とするものをたくさんつくっている。だから自分たちこそがもっとも偉大で権力があると信じている。この先もそうなるだろう」

「なぜだ？　かれらはあなたのなにを手にしている？」

　ネーサンはほかの長老たちを、それからコヴァル・インガードを見た。長老たちは目をそらした。コヴァルだけが堂々とまっすぐネーサンを見た。

「おまえがこの人たちにいえ！」と、ネーサンがたのんだ。「おまえは〝選ばれし者〟だし、かれらもおまえとはすでに知己だ。わたしにはそれを口にする勇気がない」

　コヴァル・インガードは肩をすくめた。

「かんたんなことです」と、冷静に答えた。「かれらは隙を突いてわたしたち部族を襲った。そして山の民にとってもっとも重要でありうる財産を盗んだのです」

ローダンはグッキーを見たが、頭を振るだけだった。コヴァル・インガードは、全身を毛皮でおおわれた生物の手助けは必要なかった。

「かれらは『ログ』を盗みました」と、しっかりした声でいった。

一瞬、静寂が訪れた。

「あなたがたがここにきたのはむだだった」〝テラの子供たち〟のネーサンはやっとのことでそういった。「だからといって、あなたがたの立場にふさわしいあつかいをやめるわけではない。あなたがたはわたしたちの客だ。わたしたちは過去について知っていることはすべて話す。そしてこれまでわたしたちがほとんど聞いたことのないことについて、教えてくれたらありがたい」

＊

山の民〝テラの子供たち〟は、かわした約束はしっかり守る。

むろん、村への客の到着があまりに早く、しかも突然だったため、〝外交儀礼〟がはげしく混乱してしまった。ふさわしい準備をする時間がたりなかった。しかし、それでも宴会の準備はととのえられた。

おそらく村人たちは、この気分転換をとてもよろこんだだろう。すくなくとも全員で準備にいそしんだことからも、それがうかがえる。

待っているあいだ、客たちは一軒の家をあてがわれたが、そこの住人がいっときに大勢の親戚を呼び入れた。賓客に失礼があってはならないという配慮からだった。グッキーはこのチャンスを利用し、人目を盗んで《シマロン》にテレポーテーションした。コヴァル・インガードの友人が客を見張っていたとしても、ネズミ＝ビーバーがどこかの部屋に入り、しばらくしてからまた同じ部屋から出てくるのを見とどけるだけだろう。

三人とも表向きは通信機もふくめ技術的な補助手段を携帯しておらず、村人が不信感をいだくことも避けたかったので、《シマロン》やほかの船からの手土産を持たずにここへきていた。

「そもそも、残念なことだ」と、アトラン。「ここの人々は貧しいし、かれらにあたえてやれるものはたくさんある。だがこのコヴァル・インガードという男は非常に疑り深い輩《やから》だと思う。もしいま、突然、機具や武器、薬やそれに類するものを提供したらすぐに疑い出すだろう」

「提供できるものはほかにもありますよ」と、ローダンはほほえみながらいった。

「つまり?」

「『ログ』です。ここの人々にとって、とても大事なものです。グッキーの助けがあったら、とり返すのはむずかしくないでしょう」

「それは、一石二鳥だ」アトランはうなずいた。「われわれは必要な情報を手に入れ、〝テラの子供たち〟には『ログ』をくすねた相手と交渉する材料になる。やってみる価値はある」

「もうひとつ心配なことがあります」と、ローダンがつぶやいた。「ドラゴンです！　われわれはもうすぐブガクリスをはなれますが、いつここへもどれるか、そもそももどるのかもわかりません。ドラゴンと奴隷ハンター。これについてはなにかしなくてはなりませんね」

「奴隷ハンターに関してはできることはすくない」と、アトランはつけくわえた。「それから、ドラゴンについては、ブガクリスの住人自身がなんとかして合意しなければならない。ほかの方法はないと思う。ドラゴンは本当に頑固なのだろうか？」

グッキーは肩をすくめ、

「ぼくが接触した相手はそうだったよ」と、主張した。「でも、なぜドラゴンはほかのすべての部族とは違うのかな？　ふつうは、頑固で度しがたい者もいれば、よろこんで譲歩する者もいるのにね。どっちみちあの小バジスに行かなくちゃならないんだし、もう一度ためすチャンスはあるかもね。そのあいだにだれも銃撃してこなければできると思う」

「きみはなんとしても仲裁者を演じたいんだな、でもどうやって？」と、ローダンが訊いた。

「それぞれができることをやる！」グッキーは無愛想に答えた。「ちょっと見てくるよ」

「用心しろ。テレポーテーションするときに捕まらないように！」と、アトランが注意した。

ほどなくしてネーサンがお供を数人ひき連れてあらわれ、三人を食事に招いた。宴は夜遅くまでつづいた。〝テラの子供たち〟はどう見ても貧しいが、飢えてはいなかった。それに、かれらにはかれらの主義があった。

ローダンとアトランは宴会の最中、ネーサンやコヴァル・インガード、そして長老たちに、ハンガー人が盗んだ『ログ』を奪還する話を持ちかけたが、宴会の席でそのような話題はふさわしくないとやんわり指摘された。

きょうは祝いの日だ。それ以外のことはあすまでお預けなのだ。もっとも、〝テラの子供たち〟がぜいたくざんまいの宴会の疲れから回復するまで、すくなくとも丸一日は必要だろう。

＊

ローダンとアトランは宴の主催者が酒に強いことにすこしがっかりした。かれらは朝早くからいつもの仕事を開始して日常をとりもどしていた。

コヴァル・インガードは旅行のガイド役をつづけるつもりのようだった。朝早くから豪華な朝食を持ってやってきて、テラニアの見所をすべてお見せしましょうと申し出た。三人はそれを受け入れた。かれを失望させたくなかったし、そのあいだに『ログ』について話す機会を見つけたかったからだ。

もちろん、〝テラの子供たち〟の生活についてこまごましたことを深く知り、すべてを一日で理解するのは無理だった。けれどもこの人たちが、一刻も早く救出しなければならない気の毒な難船者の子孫でないことは、すぐにはっきりした。

かれらは多くの記憶をたもちつづけていたが、重要な内容ではなかった。たしかに羊皮紙に書かれたさまざまな伝説にはテラや銀河系について驚くようなことがふくまれていたが、それは〝テラの子供たち〟からすれば物語にすぎない。原郷としてのテラはこの部族にとってパラダイスと同じ意味を持ち、銀河系はかれらにとって先祖の約束の地だった。その地を知ることに抵抗はないだろうし、そのような機会があれば大よろこびで帰還しただろう。けれどもかれらの想像は現実とかけはなれていた。おそらくは、あとあとがっかりするだろう。

コヴァル・インガードは、宇宙のひろさについてすくなくとも漠然としたイメージを持っている唯一の人物だった。

たもたれた過去の記憶は、名前と記号にのこっていた。たとえばドラゴンを撃退するための大型の投射機は〝分子破壊砲〟、弩《いしゆみ》は〝ブラスター〟、商売人は〝ハンザ商人〟、自然療法師は〝ドク〟と呼ばれていた。だがそれはたんなる音のつながりであり、その背後にある文脈を理解してのことではなかった。

ほかの点にも、〝テラの子供たち〟の勘違いをしめす材料はたくさんあった。

ブガクリスは生存に最適とはいいかねる惑星で、人々は滅亡を避けるために新しい生活圏に適応せざるをえなかった。かれらの考え方は祖先とくらべると多くの点で大きく変化していた。そのためさまざまな分野でたがいの話がかみ合わなかった。たとえば、生きのこるために必要な量よりも多く生産することなど、この人たちには思いもよらなかっただろう。かれらは備蓄こそしていたが、窮乏せず暮らすのに充分な量だけだった。ほかの部族との物々交換で装飾品やささやかな贅沢を楽しんだが、どんなに立派なネックレスでも、そのためにキモンをさし出すほど価値があるとは考えもしなかった。

〝テラの子供たち〟が飼っていた動物はキモンだけだったが、群れはちいさく、ほとんど自給自足だった。この動物はテラのラマに似ていた。卓状山地の荒れた地域に生息し、雪のように白く密生した毛皮を持ち、ウールと肉を供給していた。どんなに険しい岩場でも平気だったが、荷役動物としてはほとんど役に立たなかった。

コヴァル・インガードによると、ブガクリスにはほかにも家畜になる動物はいるが、テラニア山の環境、すくなくともこの集落には合わないとのことだった。枝わかれした高地の谷間にはまだいくつかの村落があり、その住民もまた自分たちを〝テラの子供たち〟の部族に属していると考えていた。そこではキモンのほかに愛玩動物として飼われている小型の哺乳類や人に慣れたトカゲがいた。

山の民にとって、空を飛ぶことは第二の天性だった。かれらは目眩《めまい》とは無縁で、狩りで捕らえたドラゴンの細くて丈夫なパイプ状の骨や皮を使って器用にハンググライダーをつくり、長距離を飛んだ。谷や峡谷には通常ロープウエーが張られており、見た目は危険だが、帆を使って動いていた。

このようなロープウエーは小バジスにも通じていた。

「これらはもう長いあいだ使われていません」と、コヴァル・インガードは説明した。「ハンガーの民の長《おさ》たちは、わたしたちがロープウエーを使って小バジスで強奪行為をしていると非難しています。そのためわたしたちは、このロープウエーのこちら側への入口を閉鎖しました」

「ということは、ハンガー人はこの方向からあなたがたがくるとは思っていないということか？」と、アトランが興味津々のようすで訊いた。

「わたしたちがグライダーを使うほうが好みだということをかれらは知っています」と、

コヴァル。「これまでずっとそうでした。ロープウエーはおもに物品の運搬用です。わたしたちはグライダーのほうが安心ですから。機敏に動けるし、空中でドラゴンに出くわしても避けられます。ゴンドラに乗っているときにドラゴンがきたらとても危険です」

「ロープウエーはまだ使えるのか？」

「はい、ハンガー人はこのルートでやってきて、わたしたちから『ログ』を盗んだんです」

「盗みは当然、夜間におこなわれた」

「もちろんです。日中ならそんなことはさせません」

「ドラゴンはどうなんだ？　夜も飛んでまわるのか？」

「種類によって違います」

「ゴンドラの大きさはどのくらいだ？」

「十人乗りです。ハンガー人を訪問するつもりですか？」

その質問の声には不信感がにじんでいた。

「それは訪問とは呼べないがね」アトランはほほえんだ。「むしろ、かれらから『ログ』をとりもどそうと考えている」

コヴァル・インガードは慎重に考えた上で、

「それについてはほかの人たちと話してみます」と、約束した。「わたしはほかの部族にいくつか当たって、いっしょにハンガー人と戦うよう説得する賭けに出たんですが、結局どうにもなりませんでした」

「小バジスの住民はあなたがたよりすぐれているのか？」と、ローダンが訊ねた。

コヴァルは変な目つきでローダンをじっと見た。

「あなたがたが競技中に見た銃器は小バジスからきたんです」ためらうようにそう説明すると、突然背を向けて歩き出した。

「ハンガー人は〝テラの子供たち〟とは違うんだ」と、グッキーがつけくわえた。「傍《ぼう》若無人《じゃくぶじん》なんだよ。コヴァル・インガードは、かれらと知り合ったらぼくたちと仲よくなるんじゃないかと恐れている」

「そのとおりかもしれない！」アトランは考えこむようにつぶやいた。

「くだらない！」ローダンは怒って反論した。「われわれは『ログ』が必要なだけだ。かれらの争いに介入すべきではない」

「でも、かれらのことを心配しているじゃないか」グッキーは確信していた。

8

「これです」そういうと、コヴァル・インガードはそれを指さした。宇宙からきたふたりが知っているロープウェーのゴンドラとは、似ても似つかないものがそこにあった。

「これを整備する時間は充分あります」

しかし、それが必要になることもあるかもしれない。

〝テラの子供たち〟の部族は、コヴァルに同行する十人の経験豊かな戦士を集めた。長老たちは、ローダンとアトランがこの計画に参加する意志をしめすと、歓迎しなかった。『ログ』はこの部族に属しており、この件をどうするかというのは〝テラの子供たち〟の問題なのだ。

「コヴァルから、それはふつうの本ではないと聞いている」と、ローダンはさらに説明した。「あなたがたは読めるのか?」

長老たちはしぶしぶ読めないことを認めた。

「ではだれのために保存している?」

「いつかだれか読める人がくる、そういい伝えられている」ネーサンが自信なさそうにつぶやいた。

「よろしい。そのだれかがきたのだ。心配しないで。われわれは『ログ』をとりあげるようなことはしない。ただ、われわれはそれを読みたいだけだ。だからこそわれわれには奪還に参加する権利がある」

こうして長老たちは譲歩した。

コヴァルの仲間たちはゴンドラを調べて修理をはじめた。ゴンドラはたいらなボートのような外見だった。フレームと支柱は頑丈な筒状の骨でできており、そのあいだに皮が張られていた。ゴンドラの上を横切る三対のバーは、ゴンドラとロープをつなぐと同時に、ゴンドラを推進させる帆を固定する役割もはたしていた。

その日は陰気な荒天だった。太陽は厚い雲にかくれ、ロープはほんの一部しか見えない。この奇妙な装置のほかの部分は、目標地点とともに雲と霧にかくれている。

不確かな旅が暗闇とともにはじまった。男たちのうち四人がハンググライダーをひろげ、先行して飛んでいった。ドラゴンがあらわれたときに注意をそらすのがかれらの役割だ。ほかの戦士たちもグライダーをかつぎ、弩と軽量の投げ槍を持っていた。

風が吹きつけると、皮の帆は音をたててひろがった。ゴンドラはきしみながら動き出し、雲海へと突入していった。ときおり、ゴンドラの近くを通り過ぎるハンググライダーの音がかすかに聞こえた。ゴンドラのなかは寒く、湿っていた。だれも、ひとことも話さない。帆を操る男たちでさえ、無言で理解し合っているようだった。

コヴァル・インガードは、グッキーが参加しないことについてなにもいわなかった。かれはもう、イルトとはじめて会ったときのような強い疑念をいだくことはなかったが、かれにとってイルトが村にとどまるのは当然のことだった。

もちろん、グッキーはこの冒険をあきらめようなどと夢にも思っていない。ゴンドラで行くのはよろこんであきらめたが、『ログ』には猛烈に興味をしめした。小バジスの山にいるというドラゴンのことはいうにおよばずだ。

かれはかれのやり方で計画に参加した。

ロープウエーで向こう側にわたることは、『ログ』奪還にかかわる危険の一部にすぎないということで、みなの意見は一致している。向こうに到着してからも、すくなくとも同じくらい危険だろう。ハンガーの民の守備範囲にいる時間が長くなるほどに、危険は増していく。

小バジスの住民は偏屈で訪問者を好まず、〝テラの子供たち〟は隣人の生活様式をほとんど知らなかった。当然大切な『ログ』の保管場所もわからない。奪還の戦略はお粗末なもので、最初に見かけたハンガーの民を捕まえ、かくし場所を聞きだすというものだ。

グッキーはその仕事の一部を引き受けることになるだろう。コヴァル・インガードはそれを歓迎しないにちがいないが、かれが利口な男であることがたよりだ。その事実を受け入れるだろうから。

一方、ネズミ＝ビーバーがテレパシーで手ぎわよくハンガーの民を探っているのは確実だ。

いうまでもなく、かれらはこの件をもっとかんたんに解決できただろう。ネズミ＝ビーバーがテレポーテーションして向こうへわたり、『ログ』を手に入れる。それならだれも危険な目に遭わない。

だがそのやり方に〝テラの子供たち〟は同意しないだろう。かれらは〝奇蹟〟を評価しないのだ。

すでに一時間は過ぎており、目的地はもうすぐそこのはずだった。突然、甲高い悲鳴が聞こえた。次の瞬間、巨大な翼膜の羽ばたきで風が起こった。

*

それは、戦いというには相手が強すぎた。攻撃してきたドラゴンは〝殺し屋陛下〟だった。翼をひろげると二十メートルほどもあり、襲撃を計画して実行する充分な知能を持ち、そのうえ悪いことにきわめて丈夫な鱗《うろこ》でおおわれている。ドラゴンは、カモメのように巧みに空中を飛びまわった。

ふだんなら〝殺し屋陛下〟が空中で空飛ぶ民と出会っても、やむをえない理由がなければ対等な敵として手出しはしてこなかった。ドラゴンには、より値打ちのある獲物を手に入れる、もっとかんたんな方法があった。

だがこのドラゴンたちは狩りにきたのではなく、復讐のためにきていた。

ローダンとアトランは槍で周囲を突いた。それしかできることがなかったのだ。ドラゴンの悲鳴も聞こえたが、人間の悲鳴も聞こえた。だがほとんどなにも見えなかった。つまりは、ドラゴンも視界が悪くてどうにもならないのだ。そうでなければ数秒で終わっていただろう。

「やつらが山を攻撃している！」コヴァル・インガードが叫んだ。「いつかこうなると思っていた」

口には出さなかったが、その言葉には、ドラゴンが競技場の外で何頭も殺されたことへの非難がこめられていた。

「われわれが気の毒だと思っていることを伝えれば、受け入れてくれるだろうか？」アトランはそうつぶやきながら帆を引きちぎっている爪を槍で突いた。

コヴァルの仲間たちはあっという間に各自のグライダーを組み立てた。ゴンドラが揺れ、ロープはまるでドラゴンが食いちぎりはじめたかのように揺さぶられた。

突然霧が晴れ、ドラゴンと人間が組んずほぐれつ戦っているのが見えたが、人間よりドラゴンのほうが多かった。

だがかれらはもうハンガーの民の集落のすぐ近くまできていた。

集落は高原の端のほうにあり、急傾斜の岩壁には無数の穴が口を開けている。そのひとつがロープウエーの終端だ。

あちこちに火の手があがっていた。人々は悲鳴をあげ、銃声が響き、矢や槍が投射機で空中に発射された。だが、暗い穴から次々とあらたにドラゴンが飛び出してくる。

グッキーがゴンドラにあらわれたときの、ぽんという音はほかの騒音にかき消された。

ローダンは周囲をすばやく見まわした。

かれとアトラン、そしていまはもちろんイルトをのぞくと、ゴンドラにのこっているのはコヴァルだけだった。

「かれが最初だ！」ローダンがネズミ＝ビーバーに叫んだ。

だがコヴァルはなにがどうなっているのかわからなくなっていた。

「近よるな！」と、ネズミ＝ビーバーに叫んだだけでなく、槍で突こうとまでした！

グッキーはすぐに身の安全を確保し、同時に攻撃してくるドラゴンをテレキネシスでバランスを失わせた。〝殺し屋陛下〟はしくじってコヴァル・インガードのかわりに帆をつかみとった。

ちょうどそのとき、ゴンドラが岩壁に到着した。大きな衝撃が走った。その衝撃でコヴァルは正気をとりもどしたようだった。

「こっちへ！」と、彼は空に向かって叫んだ。

ローダンとアトランはゴンドラから飛び降り、コヴァルもつづいた。かれらは洞窟の真正面に降り立ち、いきり立って襲いかかるドラゴンたちから逃れ、真っ暗な穴へ入っていった。

「いったいなにが起こったんだ？」アトランは息を切らして訊ねた。かたやコヴァルはまるで金縛りに遭ったように穴の入口を見据えていた。

「ハンガーの連中がトンネルを爆破したんだ」ネズミ＝ビーバーが報告した。「このトンネルはドラゴンにとってとても重要な部屋に通じる唯一の入口だったんだ。爆破は二、三日前のことさ。ドラゴンたちがひそかにここに集まった。そして、人間を自分たちの繁殖地から永遠に追いはらおうと決めたんだよ」

「それなら、われわれが〝殺し屋陛下〟を何頭か殺したこととは関係ないんだな？」

「ここに棲んでいるドラゴンのほとんどは、そんなことちっとも知らないよ」ネズミ＝ビーバーはなだめるようにいった。「ぼくたちや〝テラの子供たち〟や、ほかのどんなこととも無関係さ。原因はハンガーの連中だよ。ほんというとね、ぼくは〝殺し屋陛下〟に同情するよ。ここじゃとても不愉快なことが起こっているからね」

「それにしても、ドラゴンがなんの警告もなしにこんな大量虐殺をやっていいわけがない！」アトランは愕然としていた。

「どうしてさ？」グッキーは落胆して訊いた。「禁止するっていうのかい？　ぼくはかれらと話そうとしたんだけど。あり得ないほど強情なんだ。ぼくたちはできるだけ早くここから出たほうがいい」

『ログ』なしではだめだ！」と、ローダン。

『ログ』はもう見つけたよ」

「それならとってこい！　なにをぐずぐずしている？」

グッキーが消えた。

洞窟の入口にドラゴンがあらわれたので、ふたりはコヴァルを助けに急いだ。かれらは力を合わせて〝殺し屋陛下〟を追いはらった。

「こんなことをしてもだめですよ」コヴァルは落ちこんでいた。「ドラゴンがゴンドラを壊してしまったから。もうもどれません」

「きみの仲間たちはどうした？」

「みんな死にました」

〝殺し屋陛下〟がもどってきた。そしてグッキーも。グッキーは手に箱を持っている。近づいてくるドラゴンに目をやると、コヴァル・インガードの右腕をつかんだ。

「どういうことですか？」〝テラの子供たち〟の男は肝を潰して叫んだが、それ以上はなにもできなかった。というのもネズミ＝ビーバーがかれを連れてさっさとテレポーテーションしたからだ。グッキーはすぐにもどってきたが、ちょうどそのとき〝殺し屋陛下〟がうなり声をあげながらトンネルに入ってきた。

*

コヴァル・インガードはグッキーが置き去りにしたときのままそこにいた。《シマロン》船内のアトランのキャビンでじっと身動きせず立っている。おそらく、かれはこの間、まばたきすらしなかっただろう。ローダン、アトラン、そしてどこからともなくあらわれたイルトを啞然として見つめた。そして表情をこわばらせた。

「いいでしょう」と、かれはいった。「わたしをどうするつもりですか？」

「きみを傷つけるようなことはなにもしない」アトランはおちつかせようと請け合った。

「グッキーは全員の命を救うために必要なことをしたまでだ」

「全員の命？」コヴァルは苦々しげに訊き返した。

「きみのいうとおりだ」と、いうと、ローダンはため息をついた。「こんな危険な冒険をするべきではなかったし、『ログ』はきみたちの助けなしでとりもどすべきだった。でも、われわれのことを良き思い出として記憶してほしかった。きみたちの欠けたパズルをはめようとした人間としてね。きみたちによかれと思っておこなったことで信頼を損ねたくはなかったんだ」

「そしていまや『ログ』まで失った！」

「それは違うよ！」と、グッキー。「きみの目の前にあるよ」

コヴァル・インガードは箱を見おろした。

それは金属でつくられ、宝石で装飾されたとても高価な容器だった。

だがコヴァル・インガードはなんの感銘も受けなかった。

「これは『ログ』じゃない！」

「もちろん違うよ！」グッキーはうなずくと、テレキネシスで箱を持ちあげ、デスクの上に導いた。「でもこのなかに入っているんだ。ハンガーの連中は大事に保管して、まるで聖遺物のようにあつかってた。もしもこれがおさめられていた寺院を見たら、きみたちの目から涙があふれたかもしれないね。この山にはとてつもない宝物があるにちがいないよ！」

それでもコヴァルはなんの興味もしめさなかった。かれはあらゆる角度から箱を眺め、慎重に蓋を開けた。そして正真正銘の畏敬の念で棒立ちになった。

「これこそが『ログ』です！」震える声でそういうと、宝物をそっと両手で持ちあげた。

その容器とくらべると、『ログ』はぱっとしないものだった。古く、傷だらけで、七百年近く前の使い古されたデータ記憶媒体は、当然ながらボロボロだった。けれどもコヴァル・インガードはそれを賢者の石のようにうやうやしくあつかった。

「本当にこれを読めるんですか？」と、ささやくように訊いた。

三人は顔を見合わすと、コヴァルが手にしている傷だらけのものを見てほほえんだ。

「やってみようと思う」と、ペリー・ローダン。「きみもその場にいたいんだろう？」

コヴァル・インガードはうなずいた。

9

かれはこの世界のなにひとつ、見逃さなかったにちがいない。あるいは、もしなにがさし迫っているのか、もっと早い時期に知っていたなら。

このちいさな毛深いやつが、理解不能の方法でかれを宇宙船に運び入れたことはいうまでもない。かれはそれを嗅いで感じた。その宇宙船はかれの世界のものではなく、かれのなかにある不愉快な記憶を呼びさました。

警戒するにこしたことはない、とかれは思った。だがその一方で、自分のなかの不信感を露骨にあらわさないほうが得策だと思えた。

すくなくとも、『ログ』をあるべき場所に、つまり〝テラの子供たち〟の部族のもとに持って帰る機会を見つけるまでは、異人たちといっしょにいなければならない。

いまのところ、かれは丁重にあつかわれ、危険がさし迫っている兆候はなかった。ずぶ濡れで、何ヵ所かある傷から血がにじんだ状態でここへきた。着替えの服をあたえられたさい、自分の服はできるだけ早く返してほしいと伝えた。かならず返すといわれて服を着替えた。傷は痛んだ。〝殺し屋陛下〟の爪でついた傷は化膿する危険があったため、かれは進んで治療を受けた。驚いたことに、治療が終わるか終わらないうちに革製の装備はもどってきた。

いつもの服装のほうがずっと快適だ。

アトランは髪の色が明るかったので、かれはローダンやグッキーよりも信頼していた。

アトランがキャビン内の設備を案内してくれた。

コヴァル・インガードがいちばん重要な事柄を理解したとわかって、アルコン人は「疲れただろう」と、いった。

「いいえ、ちっとも！」コヴァルはあわてて断言した。まだ相手を信頼しきるには不十分だったからだ。

かれの経験では、異人の宇宙船内で横になって眠るのは非常に危険だ。自分がどんな状態で目ざめるのか、前もってわからないから。

「よかろう」アトランは失望や焦燥を微塵も見せることなくいった。「ではわたしのそばにいなさい。それが望みなら」

コヴァルは同意した。

驚いたことに、宇宙船はすでに出発していた。そのことにかれはまったく気づかなかった。異人たちは、サショイ人よりもすぐれた宙航士であるようだ。

だがコヴァルは自分にいい聞かせた。かれらの祖先はとても賢い人たちだったから、すぐれていて当然なのだと。

かれは、自分が異人たちの話を認めはじめたことに気づき、すこし驚いた。

それからまもなく、アトランとローダンはすぐれた宙航士であるだけでなく、すぐれた船を持っていることにも気がついた。すくなくとも、その大きさと質を同列に考えるなら。

それに、《シマロン》にはそのほかにも、高位のサショイ人にさえ贅沢品だったものが、そこら辺にふつうに置かれていた。

船隊のほかの船にも多くの乗員がいることに気づいて、かすかな疑念をいだいた。この大きな船なら、〝テラの子供たち〟全員だって収容できるだろう。

そして、船に乗っていたのは人間だけではなかった。

その点がコヴァル・インガードを考えこませた。

かれがまだアトランをたよっているのは、すくなくともある程度は信用しているからだし、アルコン人が明らかに重要人物だったからだ。だれかに突然襲いかかられても、いざとなったらアトランを人質にできる。

こんどこそだまされるわけにはいかない！

アトランとかれをここ、《シマロン》という名の船に連れてきたのは例の怪しいグッキーだったが、コヴァルはアトランといっしょになんとか平静な気持ちで船のなかを歩いていた。先祖のことや、まもなくその内容を知ることになる『ログ』について考えた。そのとき、信じたくなかったものを見てしまった。

かれは立ちすくんだ。ショックが大きすぎて、アトランが先に行ってしまったことさえ気づかなかった。ようやく正気に返ると、アルコン人はもうずっと先に進んでいた。だが人質などなんの役にも立たなかっただろう。サショイ人が相手では！　かれらのことはよく知っていた。かれらはなにに対しても、だれに対しても斟酌《しんしゃく》しない。

そしておそらくアトランは、この毛深い生物の奴隷にすぎないのだろう。とても重要な人物だが、それになんの意味があるというのだ。

かれはベルトのナイフを手にとった。ナイフを携帯するのを許されたのは奇蹟だった！　かれはサショイ人に飛びかかり、首を絞めた。

その男は、いや、そのサショイ人の女は、最初は完全に不意をつかれた。コヴァルの手をつかみ、指を引きはなそうとした。

コヴァルはこの女が、自分がこれまで相手にしたサショイ人よりもはるかに強いと感じて肝を潰し、さらに絞めあげた。そのときアトランはグッキーを呼んでいるようだった。

呼ぶのに時間がかかっていた。グッキーがなんらかの理由で《カルミナ》にジャンプしていたからだ。

サショイ人はかなりもうろうとしてきた。コヴァル・インガードはあとすこしで目的に達すると思ったところで、頭になにかが当たった。果てしない失望のなか、かれは意識を失った。

＊

「おとなしくしろ！」アトランは意識をとりもどしたコヴァル・インガードに命令した。「まずはわたしのいうことを聞け！」

だがコヴァル・インガードは聞く耳を持たなかった。自分を罠におびきよせたこの奴隷の、のど首を狙うつもりだ。しかし、縛りつけられていて、思うようにはいかなかった。

「そうあわてるな！」と、アトランは警告した。「配慮すべきだった。こうなったのは、われわれの落ち度だ。そしてこんどこそ聞け！」

コヴァル・インガードはどうやっても自由になれないことを悟った。最悪だ。

「船内にはカルタン人の友もいる」と、アトランはつづけた。「かれらは過去からこの時代へ、われわれといっしょにきた。そのひとりをおまえは殺すところだった。おまえをとがめるつもりはない。奴隷ハンターのサショイ人だと思ったんだろうから……」

アトランはさらに話しつづけた。

コヴァル・インガードはかれの言葉をいっさい信じなかった。長い時間をかけて、アトランはかれに写真や映像を見せ、カルタン人のことだけでなくほかのさまざまなことを話して聞かせた。けれどもコヴァルはその半分しか理解できなかった上に、なぜアトランがこれほど熱心に説明するのかもわからなかった。

自分はいっぱい食わされた。悲しいことに、それは起きてしまった。説明する必要もないし、弁解する必要すらなかった。

ドアが開いてサショイ人が入ってきたとき、かれらが自分に対してついにがまんの限界に達したと思った。口を閉じ、無言で判断を待った。

「ここでなにをするつもりだ、ダオ・リン＝ヘイ？」アトランは怒っていた。「待っているようにいっただろう！」

「すみません」謝ったサショイ人の声は変だった。完全に潰れていた。コヴァル・インガードは自分の攻撃の成果にほくそ笑んだ。このサショイ人はすくなくともかれがどれほど憎んでいるかを感じただろう。

「だからこそ、わたしはあなたのところへきました」サショイ人はそういいながらコヴァルを見た。「わたしはあなたが考えている相手ではない。あなたを納得させるのはほぼ不可能なことはわかっている。だが、あなたがサショイ人と呼ぶ者たちのことをわたしが恥じているといえば、すこしは気持ちがおさまるかもしれない。わたしはできるだけあなたの目に触れないようにする。友たちにもそうするようたのむつもりだ。ときがたって恐怖心を克服できるよう願っている。いつか、すべてのカルタン人が奴隷所持者ではないことを証明できるかもしれない」

コヴァル・インガードは黙って聞いていた。サショイ人が語ったことは嘘に決まっているが、それを自分に向かって話すことにどんな意味があるというのだろう？ こんどはアトランに話しかけた。「けれども、かれはあなたの言葉を信じていません。あなたがわたしの奴隷だと思っています」

「なんということだ！」アトランはあっけにとられた。「だがそれは論理的な結論だろう、違うか？ かれに分別を持たせる方法がわかれば！」

「そんなのかんたんだよ！」甲高い声が聞こえ、グッキーがコヴァル・インガードのまわりをよちよち歩いていた。腰に手を当ててダオ・リン＝ヘイを見あげた。「サショイ人は奴隷から命令を受けないからね。わかった？」

アトランは一瞬唖然としてグッキーに目をやったが、

「さあもう充分だ！」と、壁が揺れるほどの大声でアトランが叫んだ。コヴァル・インガードは驚いて身をすくませた。「出ていけ。このおろかな毛むくじゃらどもが！」

コヴァル・インガードは最初、これは策略かもしれないと考えたが、サショイ人ならこんなことをいわれて黙ってはいないだろう。念のためアトランのそばにいて、だれかがかくれてアルコン人を脅すような合図を送らないか注意をはらった。

だがそんなことは起こらなかった。ふたりが出ていくのを見て、コヴァルは自分がこんども災難を逃れたことを、しぶしぶ納得した。

ときがきて、『ログ』が読みあげられることになった。その場にはダオ・リン＝ヘイも同席した。彼女は細心の注意をはらってコヴァル・インガードに近づきすぎないようにしていた。彼女にいい感情を持っていないコヴァルにとって、それは妥当なことだった。

＊

その声はややひずんでいた。ときおり、言葉が突然とぎれたり異音が混じったりしたが、報告がはじまると、その場にいる全員がショックを受けていた。

「サンドラ・ブゲアクリス！」だれかがそうささやくと、コヴァル・インガードは身ぶるいした。かれだけは、その声の主を知らなかったが。

サンドラ。かれの部族の原母で、人々は自分たちの恒星のことをそう呼んでいた。ブガクリス。かれの故郷の名前だ。かれは息をとめて耳をそばだてた。

その声によると、NGZ四四八年三月十日、《バジス》に強い構造振動が検知され、ハミラー・チューブが理性を失い、未知の理由で《バジス》をばらばらに分解させたらしい。乗員は大急ぎで《バジス》をはなれ、使用可能な宇宙船や搭載艇で難を逃れた。サンドラ・ブゲアクリスはテーベ級の搭載船の指揮を執った。五百名の男女を乗せ、船はハンガイ方面に航行していた。方向転換中にハウリ艦隊の攻撃を受け、ソルタイプの恒星の第二惑星上空で撃墜された。そのさいにすくなくとも一隻のハウリ艦と激突し、第二惑星に着陸を余儀なくされた。

サンドラ・ブゲアクリスと乗員は主大陸南端に緊急着陸した。船は破損し、武器も技術装備もほとんど失ったが、乗組員はほぼ全員助かった。

緊急着陸したのは夏で、惑星は当初快適だった。ところがまもなく、温暖で肥沃な谷を支配する数多くの野獣に遭遇し、生きのこりをかけた戦いがはじまる。ギャラクティカーは卓状山地の高みへ追いやられていたが、そこにはあらたな敵、ドラゴンがいた。しかし、サンドラ・ブゲアクリスは、この生きのこりのちいさな集団がこの惑星でなんとか生きのびるという希望を捨てなかった。

彼女は正しかった。

山地にたどり着いたギャラクティカーの子孫は山の民として、豊富な鉱山資源のある洞窟に住みついた《バジス》の格納庫《ハンガー》の技術者たちの末裔は洞窟の民として、また一部の超重族の末裔は沿岸部に住みついて〝海の悪魔〟とよばれるようになった。同時に墜落したハウリ人は砂漠の民〝トロナハエ〟の祖先となった。

サンドラ・ブゲアクリスは自分の死を前にして、《バジス》の座標を後世に伝える方法を見つけようとした。当時、すぐには救助がこないことは明らかだったにちがいない。彼女は文字で記録しても失われやすいと考えた。なんらかの事情で多くのことが忘れ去られる可能性もあった。そこで彼女は、世代を重ねるにつれていやが応でも文明が退化していく状況下でも維持可能な習慣を創り出すことを思いついた。

コヴァル・インガードは彼女の予測の生きた証拠だった。かれはいまも《バジス》の座標を背中に刺青している。

声がやんだとき、コヴァル・インガードはやや奇妙な立場にいた。ほかの人たちの会話は聞こえても、それに自分がくわわることはない。どうやらかれらは、かれの祖先の運命よりも知りたいことがあって、それについてあれこれ考えているようだった。《バジス》の解体を引き起こした宇宙の大災害については、残念ながらなにもわからなかった。かれは『ログ』に記録されている以上のことを知ろうとするかれらの努力を見守っていた。

最後に『ログ』を聞かされたハミラー・チューブにも、どうしようもなかった。

コヴァル・インガードはダオ・リン＝ヘイや、ほかのだれもが「残念だ」と、いうのを聞いた。「こともあろうにサヤアロンのことがなにもわからないなんて！」

コヴァル・インガードはびっくりして身をすくませた。その瞬間、興奮した、甲高くけたたましい声がした。

「サヤアロンは呪わしい場所だ。〝はるかなる星雲〟を訪れる者はみな命を落とす。そこから帰還した者はいない！」

その声はさらにさまざまなことを叫び、やがてとめられた。

「あの声はハミラー・チューブだ」と、アトランは沈んだ声でいった。「完全に正気を失っている」

コヴァル・インガードはハミラー・チューブがなんなのかは知らなかったが、アトランとは意見が違った。

「いいえ。わたしはサヤアロンの話をサショイ人から聞いたことがあります。宙航士が集まる居酒屋で。サヤアロンは恐ろしい、ぞっとするような場所にちがいありません。そこには入ることはもちろん、出てくることもできません。幽霊船や宇宙の罠があり、幽霊やモンスターがいます。サショイ人はだれひとりサヤアロンに行こうとはしません！」

ほかの者たちは黙ったままかれを見つめた。

「サヤアロンはカルタン語で銀河系のことだ」ローダンがようやく口を開いた。「サショイ人の語る怪談も、われわれの帰還をとめることはできない。その反対だ。一刻も早く銀河系にもどり、なにが起きているのか自分たちの目でたしかめなければ！」

＊

「すっかり聞き終わったよ」グッキーは〝テラの子供たち〟の男にそういうと、『ログ』を手わたした。「きみのことはぼくが連れて帰るから」

もしもコヴァル・インガードがその瞬間まで疑念をいだいていたとしても、その疑念は消えただろう。かれらは自分を力ずくで連れ去るつもりはなかったのだ。みんな友だった。

だが、この友たちはいつかブガクリスにもどってくるのだろうか？　それに、もどってきたとしても、そのとき自分はまだ生きているだろうか？

かれは原母の声を聞いた。遠い過去から彼女はかれに語りかけ、かれは自分のなかにいいあらわすことのできないなにかを感じた。

「わたしはあなたがたといっしょに行きたい」

「きみはひとりぼっちになってしまうよ」グッキーは心配げだ。「考えなおしなよ」

「これ以上考えることはありません」コヴァル・インガードは断言した。「許可を得る必要がある人はいますか？」

グッキーは無言でかれの手をとった。

「頭がおかしくなったみたいなんだ」と、いいながら、コヴァル・インガードを連れてペリー・ローダンの前にあらわれた。「自分のドラゴンを見捨てて、奴隷ハンターが恐怖でふるえる場所へいっしょに行きたいんだってさ。説得してよ！」

けれどもペリー・ローダンはなにもいわなかった。コヴァル・インガードの決心がかたいことを悟ったのだ。

「それもいいかもしれない」と、すこし間を置いて話し出した。「どうだろう。もしかしたら、ドラゴンを避けて銀河系にもどる方法があるかもしれない。コヴァル・インガードは、自分の部族のためにそういう決断が下せる唯一の人間だろうから」

コヴァルはうなずくと、ネズミ＝ビーバーに手をさし出した。

「もうおぼえたんだね！」グッキーはそういうと、テラニア山へテレポーテーションした。

《シマロン》ではさまざまな決定や準備がおこなわれていた。

テラやギャラクティカムのことがいくら心配でも、この七百年のあいだに悪い評判がひろまった宙域にやみくもに飛びこむようなことはしたくなかった。また、べつの方策も考えていた。

《モノセロス》は解体された《バジス》のところへもどって見張るよう命令を受けた。

また、奴隷ハンターがふたたび集まる場合にそなえて、惑星ブガクリスにもすこし注意をはらうことになった。

《ツナミ＝コルドバ》は探索飛行を申し出た。ラトバー・トスタンは小艦隊より先に銀河系までの状況を偵察するつもりだ。

あらたにひろまった銀河系の悲しむべき名声がすでにサショイ帝国の奴隷ハンターにまでとどいているのだとすれば、宙航士の居酒屋で語られた、漠然とした恐ろしい物語以上のことをポスビから聞き出せないはずはない、とかれらは考えていた。

コヴァル・インガードはこのことをなにも知らなかったし、たとえ聞かされたとしても、そのときは興味を持たなかっただろう。

かれは村の広場でネーサンに『ログ』をわたした。かれは十人の戦士を失った。もし新しい友人たちが助けてくれなかったら、小バジスの下にある渓谷で倒れていただろう。だがそんなことはもうどうでもよかった。

かれは『ログ』をとりもどした。それだけではない。ローダンからもらった装置で原母の声をすべての〝テラの子供たち〟に聞かせた。

かれらは懸命に耳をかたむけた。それからコヴァルに別れを告げ、いつかここへもどってくることを願った。そしておそらく、すべてがうまくいけば、ブガクリスはふたたびこの惑星の真の原住民であるドラゴンのものになるだろう。

未来から来た盗賊

K・H・シェール
増田久美子訳

登場人物

ラトバー・トスタン……………《ツナミ＝コルドバ》艦長

ムラク・トブロン・ハーン……同副艦長

ロドニナ・コスナトロワ………同首席艦医。神経プシオン学者

ポージー・プース………………同ココ判読者。スヴォーン人

シンタ・ラズロ…………………同シントロニクス専門家のチーフ

ロンベ・マッシモ………………同超空間数学者

アダム・ピッテンブルク………同ハイパー物理学者

ユーリ・カッチェンコ…………同乗員。特殊部隊〝自由狩人〟元隊員

グレク1…………………………マークス。ルックアウト・ステーション司令官

グレク2…………………………同。同副司令官

1

「もうそろそろいいだろう、サトー！　エネルギー補給は終わった。あの男のことだからすぐに全力推進で出発するだろう」レジナルド・ブルは数分前に不平をもらしていた。

アンブッシュ・サトーはほほえみながら深々とお辞儀をしただけで、テラの細胞活性装置保持者にはなにもいわなかった。〝全力推進〟のような言葉はもう時代遅れなのだが……

ブルの発言を許可だと受けとり、アンブッシュ・サトーはハイパーカムで《ツナミ＝コルドバ》に連絡をとり、艦長と話したいといった。

＊

ラトバー・トスタンのツナミ艦はまだサンドラ星系の第二惑星のまわりをまわってい

た。そこで起こっていることは、たしかにトスタンいうところの〝かすかな手がかり〟をめぐる大きな謎を解きあかす助けとなるだろう。この〝かすかな〟がどれほどトスタン自身の任務に役だつかは、まだわからない。

「話したいって、いまですか？」がっしりとした骨格の女性が驚いていった。ツナミ・スペシャリストの艦内コンビネーションを着ている。「スキッパーはよろこばないでしょうね」

「……つまり、ぜひ朝食に招待したいというのかな」サトーは画面では見えない男の声を聞いた。そのあとに大きな笑い声が響く。

モニターにうつるやせた女の顔はにこりともしない。このようなやりとりには慣れているようだ。

サトーは助けをもとめるようにレジナルド・ブルを見た。しかし、わけ知り顔でにんまりしているだけだ。

超現実学者のアンブッシュ・サトーは、自分の専門を五次元宇宙学としている。そして、これから話す男は、その能力をタルカンへの遠征の前から知っていたテラナーのひとりだ。

小柄な日本人テラナーのアンブッシュ・サトーはまんまるい頭をていねいにさげた。

「お許しいただければ、短時間でいいのですが」かれはたのんだ。「そちらは出発が目の前に迫っているので、長い意見交換はご迷惑なことはよくわかっています」

「とても思慮深いお言葉だとは思いますが、いかんせん、わたしがかってに許可できることではないので」

女性は話を中断し、ためらいがちにまわりを見まわした。《ツナミ＝コルドバ》の司令室だ。突然ひとりの男の上半身が画面にあらわれた。死者のような顔でだれだかすぐわかる。

ラトバー・トスタンが《シマロン》の司令室を見る。前面にはサトーの色鮮やかな着物が見える。そのわきにはレジナルド・ブルが立っていた。

トスタンの声は《シマロン》の司令室内のスピーカーからひずみなく聞こえた。かれの乾ききった声帯からでる声はかすれている。眼孔が深く落ちくぼんだふたつの目と羊皮紙を張ったような禿《は》げ頭は、死者をよみがえらせたらこんな感じかと思うようなものだった。

サトーがふたたび頭をさげた。トスタンの親しげに振る骸骨のような手を見れば、この論理学者がこんな不都合な時期にわざわざ連絡してきたことを重要とみなしたことがわかる。

「なにかご用ですかな、友よ」艦長の声が響いた。「ふつうなら気にしないようなことで、また不安になっているのですか？」

《ツナミ＝コルドバ》の乗員が敬意を表して〝スキッパー〟と呼んでいる男は笑った。しかし、それは軽い咳の発作のように聞こえた。

「お許しいただきたい」サトーはまたお辞儀をした。「とても重要と思われましたので」

「サトーはそう思っているんだ」ブリーの大声がした。「われわれが惑星ブガクリスで見つけたものを知っているだろう。ペリーとアルコン人の老人は登山愛好家《ワンダーフォーゲル》になってしまった。誓ってもいい。わたしだったら、コヴァル・インガードのあとを追って、山に入っていったりしない」

ブリーの笑い声はわざとらしかった。トスタンは表情を変えない。干からびた皮膚のせいでむずかしかったのかもしれない。

「誓わなくても、あなたのいうことはだれでも頭から信じますよ」スキッパーは冷やかした。「わからないのは、なにがあなたのところから逃げだしたかですよ。あまった脂肪か、それとも恐怖にかられた〝テラの子供たち〟の蛮人か。サトー、なにがあったのですか？」

トスタンはクロノメーターを見た。NGZ一一四三年四月九日だ。

「インガードの背中の刺青は解明しました」超現実学者が即座にはじめた。「予想どおり、刺青のかたちで保存された《バジス》の座標でした。そのさい手に入れたサンドラ

・ブゲアクリスの『ログ』ですが、ハミラー・チューブにもよくわからなかったようです。しかしそのすぐあとに、ダオ・リン＝ヘイが〝サヤアロンのことがなにもわからないなんて〟とつぶやきました。サヤアロンは〝はるかなる星雲〟という意味です」

トスタンの顔がモニター上で大きくなった。身を乗り出したのだ。

「それで？」

アンブッシュの声がおごそかに伝えた。からだの前でゆっくりと手を組んでいる。

「ハミラー・チューブがついに反応しはじめたんですよ。どうやらサヤアロンは呪わしい場所らしい。〝はるかなる星雲〟を訪れる者はみな命を落とす。そこから帰還した者はいない。そう叫んでいました。出発の前にそのことを伝えなければと思ったんです」

トスタンはゆっくりうなずいた。考えこんでいるようだ。苦し気な咳にレジナルド・ブルが気がついた。

「ぐあいが悪いのか？」心配そうにたずねる。

銀河ギャンブラーはただ手を振った。

「いつもどおりですよ！　ありがとう、サトー。きみの警告を肝に銘じておく。マークスの古い宇宙駅についてなにかわかりましたか？」

「なにも」レジナルド・ブルは超現実学者のあとをひきついだ。「きみの任務は明確だ。宇宙駅に行って調査し、もし知性体がいたら接触を試みる。わが船団は四月二十日に二百の太陽の星の宙域に到着する。われわれはそこできみを待っている。必要以上に独力で故郷銀河に近づこうとするなよ」

トスタンはほほえもうとした。いつものようにしなびた唇のせいで骸骨のほほえみのように恐ろしい。義歯は黄ばんでいて、肌の色と同じだが、光っている。

「お許しを」トスタンはいった。自分のほほえみの恐ろしい効果を知っているのだ。

「残念ながらこれ以上美しくほほえめないので。話はそれだけですか？」

「それだけだ！」と、ブリー。疑るような目がモニターの映像に向けられた。「われわれはあす出発する。ペリー・ローダンはコヴァル・インガードを客として受けいれたんだが、いまかれは出発前に山の民の仲間たちと最後の別れをしているんでね。きみはもう出発する時間だろう」

ラトバー・トスタンはまた手を振った。これで出発前の最後の連絡は終わった。

モニター画像が消えていくと、レジナルド・ブルが超現実学者の着物を引いて、注意をうながした。アンブッシュ・サトーはたしなめるようにブルを見る。

「いや、ちがうんだ！」ブリーはテラナーからの非難に先手を打った。「トスタンにいっておかなければならないと思ったんだ。それが意図しないものだったとしても、トスタンが故郷銀河のはずれまで行かないと、だれが保証する？　ハミラー・チューブの情報はこれまでに得た断片的な知識よりも、そもそもインパクトが強いんだ。なぜきみたちはみな、トスタンの理性を過小評価する？　かれは典型的テラナーとはちがう考え方をするんだぞ」

ブリーはふくれっ面をした。となりにいる人物が笑ったからだ。

「ふん、わたしこそその典型的な被造物だっていいたいんだな？」伝説の《スターダスト》の乗員で、生存中のもっとも古いローダンの同行者はぶつぶついった。

「典型的テラナー！」サトーは意味深長にほほえんで、訂正した。「それに〝被造物〟という言葉もなかなかいいですね。われわれすべてはそれですから」

2

ロンベ・マッシモはひどく腹が減っていたが、なんとか自分の仕事に集中しようとした。しかし、無理だった。

ハイパーディム物理学者のマッシモはいまは当直中だった。ハイパー飛行中に起こる可能性のある問題をすべて監視し、制御するのがその仕事だった。

四週間前には、突然トランスポンダーが作動するのを覚悟しておかなければならなかった。このときは感度が悪いこの装置しかハイパー空間の高エネルギー現象の計測につかえず、装置はあちこちで起きている構造歪曲の探知エコーを表示していた。

探知画面にあらわれたグリーンの線は、銀河系船団十四隻の乗員に災《わざわ》いをもたらしたのだ。最後のハイパーエネルギー性の衝撃波は、われわれの時間をとめる作用を引き起こしたらしい。

このカタストロフィの原因はまだ正確に突きとめられてはいなかった。だが、ハンガイ銀河の最後の第四クオーターの転移が決定的な役目をはたしたのはまちがいない。

マッシモはその背景を考えるのにうんざりしていた。あまりにも未知のことが多すぎる。たしかなのは六百九十五年後の未来に飛ばされたことだけだ。

この七百年のあいだに局部銀河群や周辺宙域でなにがあったのか、はじめはただの推測しかなかった。しかし、惑星ブガクリスで《バジス》の子孫を発見して以来、船団の乗員たちにもこれからどうなるかがはっきりとしてきた。

だれからも忘れさられている。それはほかの乗員とちがってロンベ・マッシモにはそれほど恐ろしいことではなかった。いつも一匹狼だったからだ。

同僚のアダム・ピッテンブルクはそれとは反対に、解体された《バジス》が発見されてから無口になっている。みな自分なりに明らかになった事実に対処しようとしていた。

マッシモの考えがまたそれた。ごちそうがたくさんならぶ食卓が目に浮かび、つらくなる。はっきり聞こえるおなかが鳴る音は自分の想像を裏づけている。ツナミ級の五百メートル球型艦ではあのようなごちそうを目にすることはないだろう。とはいえ、《ツナミ＝コルドバ》の食事はある意味で非常にすぐれていた。ラトバー・トスタンは乗員の体型維持の方法を知っているらしい。

マッシモは両手を巨大なからだの上で組んだ。黒い肌の大男は、耐圧シートの背もたれを五十五度うしろに倒し休んでいた。

トランスポンダーの探知画像は変わらなかった。かつての高エネルギー的構造歪曲がもたらす危険はついに過去のものになったようだった。

このアフロテラナーは退屈な監視業務と空腹状況からどうやって元気を奮いおこすかという問題を考えていた。脂肪の下のどこかにある筋肉を動かさず、そのかわりに椅子の背もたれを最初の位置にもどすことを決心した。

同時に閉じかかった目を半分あけて、クロノメーターをちらりと見た。食事に行けるまでにまだ三十分もある。

大声の悪態で縮みあがった。その声は司令室の静けさをまさに引き裂いた。

「とくに問題ありません」ロンベ・マッシモはもごもごと報告した。咳ばらいはわざとらしかった。

右側の高いブリッジ上に立っているのは副艦長だった。

ムラク・トブロン・ハーンの角ばった顔がマッシモの視界をまさに浮遊している。強くまばたきをして、錯覚でないとわかった。

「おはよう！」トブロン・ハーンの声が響いた。「現在ＮＧＺ一一四三年四月十三日、標準時間午前一時三十分だ。わが当直中のハイパーディム物理学者に、目前に迫っているアインシュタイン空間への復帰についてどう思っているか、訊いてもいいだろうかね？　もしかしたら、ついでにわからないことがいくつか解決するかもしれない」

マッシモのひどい眠気はいっきに消えうせた。うたた寝をしていたのではなく、眠りこけていたのだ。

「すいません」マッシモは口のなかでつぶやいた。「なにか問題でも？　わからないことはなんですか？」

「ごく一般的なはげましの言葉にすぎないよ」トブロン・ハーンはいった。とがめるのはあきらめたのだ。ごくふつうの状況では許されないことだが。「きみの持ち場をしっかりと守ってくれ、ということだ。もし、可能ならば覚醒状態でな！　シンタ、非番のものを起こしてくれ。司令官はブリッジに。通常空間への復帰にそなえろ」

ロンベ・マッシモは自分の空腹と服務規則を考えた。こうなると、もう食堂に行くのは無理だ。

運命に不満をいだきながら、マッシモは中央主シントロニクスの進行中のプログラムに気持ちを切り替えた。持ち場のモニターが明るくなる。

全周スクリーンは相《あ》いかわらず五次元空間の空虚なうねりをしめしている。通常の探知、あるいは超光速探知でもハイパー飛行の段階ではなにかを発見することはできないのだ。

トランスポンダーはいずれにしてもなにも知らせてこない。時空のゆがみによる高エネルギー形成物にしか反応しないからだ。

シンタ・ラズロはサイレントアラームを作動させた。乗員全員はそれぞれの待機場所でそれを確認した。寝ていたものは目をさました。

単調な艦内のルーチンがまたはじまった。サンドラ星系を出発してからはいつものような航行がつづいていた。くりかえしアインシュタイン空間に復帰し、さまざまな位置からなにかしらの生命体を探知しようと試みたのだ。位置確認はどのようなかたちでもそれほど真剣にはおこなわれていなかった。どこにいるかはわかっていたからだ。問題はどこにどうとどまるかで、それがまだ解決していなかった。

ラトバー・トスタンはペリー・ローダンの指示に忠実にしたがい、まずは古くから知られているマークスのミッドウェイ・ステーションへのコースをとった。ルックアウト・ステーションに向かう〝途中〟にあり、そこから二百の太陽の星へはひと飛びだった。《ツナミ＝コルドバ》の艦内ではだれもが、時間跳躍を事実として受けとめている。失われたほぼ七百年は当然すぐには解けない謎と秘密をかくしているにちがいない。

たしかなのは、まったく変わってしまった状況と折り合いをつけるしかないということ。もうなにもかも変わってしまった。そのままでいることなどできない！　ブガクリスの住民を見れば、ペリー・ローダンという名前がそもそもどの程度知られているか推測できる。ショッキングな出来ごとだった。

シンタは浮遊マイクロフォンでの通常連絡のさいに、ついそのことを考えた。

スイッチの切れたモニターの画面にうつる自分の顔を見た。面長《おもなが》で、いかつい顔は以前にもましてやせおとろえている。ほほえもうとすると大きすぎる歯と、口と鼻のあいだに深く刻まれた二本のしわに気づく。

がっかりして目をそむけ、受けた質問に答えた。相手は搭載艇格納庫にいる。「そうよ。われわれはやっと到着するのよ」《ツナミ＝コルドバ》のシントロニクス専門家の女性チーフは無気力に答えた。「よろこんで、そしてなにか楽しいことがあるのを祈ってちょうだい！ ところで、シントロニクスの艦内警報が作動するはずだったの。でも、わたしは警笛の金属音をあなたたちに聞かせたくなかったから、サイレントアラームにしたのよ」

「ありがたい」スペース＝ジェット部隊のチーフは答えた。かれの名はジャニュアリー・ケモ＝マサイ。「われわれはジェットの発進準備をしておいたほうがいいかな？」

「発進ですって？」シンタは皮肉をこめてくりかえした。かすかにほほえんだので、その顔のいかつい印象がやわらいだ。「なんのために？ いつからあなたは奇蹟を信じるようになったの？」

「無事にタルカン宇宙から抜けだして、エスタルトゥの呪縛から逃れてからだよ」アフロテラナーはいった。「ミッドウェイ・ステーションでは、これまで以上に多くの情報が得られるかもね。実は、つい最近そこに行ったんだ」

シンタ・ラズロは自分のユーモアのセンスを自覚した。ケモ＝マサイはにやりと笑った。それは冗談をあきらめていない証拠だった。

「つい最近ですって？　それは知らなかったわ！　まあいいでしょう。それならきっと友人を見つけられるかもね。それとも、そこにいるのはアフリカに先祖を持つ悪魔だけかしら？」

「行けばわかるよ。だれかがきっと関連する情報をくれるはずさ。ところで、スキッパーはどこかな？」

「いま司令室に向かっているところよ。なにか報告することがあるの？　すべてが明らかになった夢の中身とか？」

「そいつはまだ明らかになっていないよ。もう一度ありがとう。思いやりをこめて起こしてくれて」

シンタはヴィジフォンのスイッチを切った。ムラク・トブロン・ハーンの視線を見えない重荷のように感じて、顔を向けた。トブロン・ハーンはシンタがほほえんでいるのに気づいた。きっと自分をはげまそうとしているのだろう。

「きみの伝染性の笑いはどこにいったのかな？」かれは声をおさえていった。「われわれにはそれが必要なんだ！　もしきみの意志がくじけ、やる気を失っているとしたら、わたしは四面楚歌《しめんそか》だ」

「いったいどこでそんな時代がかったいいまわしを知ったの？」こんどは心から朗らか

に訊ねた。

かれはがっしりとした肩をすくめると、成型シートの背もたれにからだをあずけた。そしてグラヴィトラフ貯蔵庫の残量表示に目がくぎづけになった。光速の六千万倍でおこなった最終航程は、きわめて多くの貯蔵エネルギーを消費したのだ。

「たぶんトスタンのせいだな」かれはいった。「この緊張した状況をゆるめるのに、もうすこし力を貸してくれないかな？　以前はいつもやってくれてただろ。ここはもう充分沈鬱な気分なんだから」

みんなの悩みごと相談所として知られるシンタ・ラズロは、うなじにまとめた髪に無意識に手をやっていた。それがシンタの唯一美しいものだとだれかがいっていた。

その言葉がたまたまあたまに浮かび、シンタは噴きだしてしまった。

「ほらね！」副艦長はほっとしたようだ。しかし、それは誤解だったのだが。「まだできるじゃないか！　その調子だよ」

彼女はあきらめてうなずいた。この角ばったからだつきのトブロン・ハーンは、彼女自身がなにを考えて笑ったかよくわからないらしい。

エアロックの警告ランプが光った。乗員何名かが外部ハッチを開けたのだ。そのなかに司令官もいた。

3

〈ZEBI 300 REIR〉、データ伝達の大きなモニター壁に文字が光った。アインシュタイン空間への復帰まで三百タイムユニット。

ロドニナ・コスナトロワは赤く光る表示をちらっと見ただけだった。首席艦医であるこの女性はツナミ・スペシャリストとして、当然このコンピュータの表示の意味を理解した。

タイムユニットの単位は艦内時間の秒だった。それは一般に時間と呼ばれる価値観よりも存在の経過という観点からのほうが信頼できることが証明されたのだ。

宇宙航行をする知的生物のあいだでいつも問題になっていたこの概念は、驚くべきかたちで虚構であることが明らかになっていた。

テラ標準年で六百九十五年という時間跳躍が起こったことがわかってからというもの、この神経プシオン学者の女性は二度と目にすることのないものへの憂鬱な思いを断とうとしていた。仕事に没頭して、乗員たちに勇気と希望をあたえようとしたのだ。

それはほぼ七百年前にハンガイ銀河第四クオーターの通常宇宙への転移をともに経験したものたち、そしてそのほかの種族の運命のたしかな手がかりを見つけたいと願うものたちの希望といってもいい。

銀河全体、それどころか上位空間でも、カタストロフィにみまわれたのだろうか？　もしそうなら、それはどのような結果を生んだのか？　銀河系領域と局部銀河群の多くの種族はどうなったのか？

だれもそれにたいして決定的な答えを出せなかった。それどころか、《バジス》の残骸の発見以降、信頼に値《あた》いすると思われた理論さえもがはねつけられた。

ロドニナは自分で考えをめぐらせていた。しかし、それを声に出していわないようにした。カタストロフィ時に細胞活性装置をすでに持っていた数すくない知性体の能力と先見の明を信じていたのだ。

生物的に不死の活性装置保持者を見つけることは、ロドニナの秘密の目的だった。同じ希望を持ちつづけるものが《ツナミ＝コルドバ》の艦内にほかにもいることは気づいていた。それはラトバー・トスタンだ。完全な論理的思考者で、きっと同じような考え方をしているはず。

彼女は古めかしい白衣のひだをととのえて、すわるところがないか見まわした。彼女の席は、そもそも救急室をかねた司令室の後方にある鋼の球体のなかのちいさな医療センターにある。

二十メートルほど向こうにいる若いテラナーが顔を向けた。その黒い巻き毛でアリ・ベン・マフルだとわかった。そして、なにかを指さしている。

医療用特別シートを指して、そこにすわれといっているのだ。ストレンジネス通過のさいに、乗員の睡眠を安定させるために設置されていたが、もういらなくなっていた。ストレンジネス値がゼロではないという現象ははるかむかしに消えさり、ほぼ七百年の時間をかけて順応していたのだ。

この中背で小太りの神経プシオン学者は驚いた。突然よく知った声が聞こえたからだ。それはざらざらしたかすれ声だった。

「もう原則を忘れているなら、すくなくとも論理を優先すべきだろう。すわって安全ベルトをしめるんだ。通常空間への復帰のさいは常に衝撃に対処することを考えておかなければならない。アリ、こっそり指さすのはいまの状況では無意味だ」

ロドニナの青い目には、いつもなら情け容赦のない叱責のさいにしめす反抗的なきらめきがなかった。

トスタンは正しかった！　彼女の持ち場は医療センターだ。このような遠まわしな叱責をするのはトスタンの性に合っていない。ものごとを歯に衣《きぬ》着せずにいう性格は、かれの長い人生のあいだに多くの敵をつくったものだ。

シンタ・ラズロは前方にある成型シートにすわって、自動シートベルトを作動させた。こんな古めかしいものは銀河系船団のほかの船にはなかった。トスタンのような男はそれをまだ使いたかったのだろう。あらゆる安全措置がかれの性格に合っている。

アリ・ベン・マフルはふくれっ面をして、左を見た。となりにアアロン・シルヴァーマンがすわっている。ふたりとも《ツナミ＝コルドバ》の技術科学者だ。制御コンソールはどれも半円形で巨大な全周スクリーンの壁の下に配置されていた。

元気のよい友人よりも頭ひとつ大きいアアロンはにやりとしてしまった。しかし、それはブリッジからは見えなかった。ブリッジは司令室のまんなかに設置されていたから。

「責任ある駆動装置エンジニアはなんの罪もない医療用シートを指さしたりしないぞ、じいちゃん」かれはささやいた。「きみはこの数百年でなにを学習したんだ？」

「おまえなんかエスタルトゥがさらってけばよかったんだ！」アリはひどく怒って吐きだすようにいった。「もっといってやろうか？」

「その言葉をすぐに撤回しろ、さもないと……」アアロンはいった。

中央主シントロニクスのよく調整された声がアアロンの声をかき消した。たぶん脅しの言葉を吐いたのだろうが。

「ＲＥＩＲは最終段階、あと１０ＺＥＢＩ。グリゴロフ・フィールドはフォールバック値に減少。自己振動なし」

「それでもベルトはしめるんだぞ」トスタンのアナウンスが聞こえた。「シントロニクス、防御バリアの即時構築の準備だ」

了解のサインが通常空間に復帰する〇・五秒前にあった。シンタ・ラズロは混乱した。なぜスキッパーは星の島々のあいだの虚無空間で、防衛態勢をあえて指示するのだろう。

彼女にはその考えを推し進める時間はのこっていなかった。警笛が鳴り響き、超光速航行中に宇宙船のまわりに独自の小宇宙を形成していたグリゴロフ・フィールドの瞬時の消滅を伝えた。

球体のひかえめな揺れは通常空間への復帰の成功を証明していた。それがよりはっきりわかるのは、大型モニターをひとつにまとめた全周スクリーンにふたたび慣れ親しんだ周辺宙域が見えたときだ。

シントロニクス結合体はあっという間に数えきれないほどの操作を正確におこない、終了させた。

「ハイパー衝撃波を感知。カルプ等級で強度九」シントロニクスは知らせた。「探知は原始的な装置でも可能です。エコー走査器のための吸引テストは必要ですか？」

「テストは必要ない！」トスタンはきっぱりといった。「防御バリア展開の準備完了表示はどこに出ているんだ？」

シントロニクスはこの指示に気づいて、エコー走査器の実行は見合わせた。

そのかわりにトスタンの主制御コンソールの前に《ツナミ＝コルドバ》のホログラムがあらわれた。そのすぐ横に巨大な宇宙プラットフォームの三次元のホログラムも出てきた。ミッドウェイ・ステーションという名で知られている宇宙駅だ。

シンタは振りむいた。しかし、トスタンの緊張したようすに気づいた彼女は報告を控えた。かれがホログラムが示している事実をすでに知っているように見えたからだ。

シントロニクスのスイッチ操作でさらに説明がくわわった。第二のホログラムがあらわれ、その上になにかが出現すると、マークスの古い宇宙駅は突然数多くの稲光につつまれた。そして、その破片はばらばらになって、さまざまな速度で宇宙に漂っていった。多くの断片はその場所にとどまった。もともと何千年も占拠していたその場所に。

甲高《かんだか》い、可聴域ぎりぎりの叫びが聞こえた。この成り行きを受けいれられないものがいたのだ。

声の主はポージー・プースだった。驚愕の叫びだった。このスヴォーフォンのキュウリ形生命体は古い《ツナミ32》のココ判読者だったが、シントロニクスがつくり出した〝事実〟をはっきりと認識したのだ。

機械のアナウンスが発生した大騒ぎをかき消した。乗員には大いなる希望をうち砕くものと受けとめられた調査結果が、冷静かつ客観的に伝えられた。

「防御バリアの即時構築は、新しい指示が受信されるまで一時停止します。ミッドウェイ・ステーションは破壊されました。エネルギー・エコーはなし。スキッパーへの勧告。調査が必要な場合には、光速の一パーセントまで速度を落とすことを推奨します。イエスかノーか、主制御キイボードで入力してください」

トスタンの死者のような顔が黄色い蠟製の仮面にますます似てきた。麻薬依存症治療で縮んだ唇のせいで義歯がむき出しになっている。

シンタ・ラズロは催眠術にかかったようにかれの伸ばした人さし指を目で追った。それは主制御コンソールのキイを押した。

シントロニクスはその入力を数百の制御報告で返してきた。それらはすぐにあちこちの大きなモニターにあらわれた。

同時に球型艦内の奥深くで、なにかがとどろきはじめた。グラヴィトラフ貯蔵庫から運ばれたエネルギー流をメタグラヴ・プロジェクターで使用可能にするために処理する転換機が作動したさいに、シントロニクスがふたたび伝えてきた。

「加速圧吸収装置の同期化部分で故障。予備ネットワークに切り替えました。修理開始。制動加速はとりあえず解除しますか？」

トスタンはこの質問にノーと答えた。ツナミ艦はすべての機能が二重、三重に保護された、まさしく空飛ぶ発電所だった。スペースは非常にかぎられていた。そのため、多くの乗員は長い旅のあとは、自分の宇宙船で暮らすことをむしろ好んだ。あらゆる事態にそなえた装置の使用のためにのこしてあるわずかな場所は、緊急の必需品と補充交換部品を置いておくために必要なのだ。

ほぼ光速の球型艦の潜入速度は、八百キロメートル毎秒毎秒に減らされた。アアロン・シルヴァーマンは自分の艦内制御装置を精査した。その乱暴な制動加速は、通常のよりおだやかな加速の場合とくらべると、同じ効果をあげるのに十倍のエネルギーを消費している。

艦内照明が暗くなった。なぜ銀河ギャンブラーはやむをえない理由もないのに材料とエネルギー備蓄をむやみに消費しているのか、その理由は明白だった。シントロニクス結合体のホログラムはまだ消えていない。その反対だ！　つぎつぎに新しい架空の表示がつけくわえられていく。

シントロニクスは予想できる蓋然性をみずから思い描くことで、実力以上の力量をしめそうとしているかのようだ。ミッドウェイ・ステーションは数分でいくとおりものやり方でばらばらに破壊された。そのやり方はすべて論理的だった。まさしく！　だが、乗員への影響はとても論理的とはいえなかった。ポージー・プースはかれの皿型の特別シートでわざとらしくすすり泣きながら横たわっている。

シンタ・ラズロは精神的苦しみを終わりにするため、ホログラム映像を消した。

混乱が増大するにつれて、これまで観測されていた鬼火のような幻想は消えた。

「ミッドウェイ・ステーションはどうやって破壊されたんだ？」アダム・ピッテンブルクは混乱して叫んだ。そのひどくゆがんだ顔がトスタンに向けられた。「どういう行動をとるべきなのか、そのばかなシントロニクスに教えられないのですか？　命令にしたがい、許可をとるべきだって。それ以外はするなってね！」

トスタンは一瞬、ピッテンブルクのふるえる唇を見つめていた。

「ここにうつったように、マークスの宇宙駅は本当にあんなに徹底的に破壊されたのかな？」超空間数学者でハイパーディム物理学者でもあるロンベ・マッシモが口をはさんだ。

ピッテンブルクは同様にハイパー物理学者だが、超高周波数ハイパー放射が専門だ。

その男が挑発的な視線をアフロテラナーに浴びせた。

「しずかにしろ」討論がはじまりそうなのをトスタンはとめた。「シントロニクスは命令されるまで待たなければいけない。こんなふうにたのまれてもいないおふざけとか、あるいは権威者に対するばかげたおしゃべりなんかは、入れたバイオ・コンポーネントを減らすことで防げるだろう」

「それはわたしの疑問に答えていません」マッシモは自分の意見に固執《こしゅう》した。「シントロニクス結合体は悲観的につくったプログラミング方針に沿ってたんにお遊びをしているだけなのか、あるいはあの画像は筋が通っているのか？」

シンタは、トスタンがピッテンブルクの抗議をどんなによろこんでいるか直感的に気づいた。それは実際にはあまり意味がないのだ。すくなくともこの時点では！

故郷への帰還を望む絶望したテラナーたちにとって、最新の高性能シントロニクスのふざけた行為は、うってつけの気分転換だった。心理的効果のあるあらゆる方法をためすことこそが肝心だったのだ。

トスタンの上唇が跳ねあがり、義歯がむき出しになったが、顔全体の印象はもうショックを受けているようではなかった。気持ちを持ちなおしたようだ。

どのような状況でもおちついているのはひとつの業《わざ》で、すでにローリンの事故の数年前からやってきたことだ。西暦三四三〇年、当時太陽系は未来に消えていた。トスタンの援助なしではそれが不可能だったのはまちがいない。

トスタンは反テラ勢力から追われたために逃亡し、古いＵＳＯ基地でバイオ深層睡眠に入った。だが十年で目覚めるはずが、プログラミングの故障で五百八十四標準年を失った。

生きているものたちに忘れられ、発展から追いてけぼりにされ、何百年ものちにひとりぼっちで完全に新しい現実の前に立ち向かう。それがいかに恐ろしいことかは、トスタンがだれよりもよく知っていた。

ロンベ・マッシモは成型シートから立ちあがろうとしていた。トスタンはこの問題をはげしい討論にするチャンスをあたえなかった。

トスタンはあるゲームをはじめたのだ。それはすでに千年以上前に自由交易惑星レプソにある有名なマンモン・カジノで完璧に身につけたものだ。持っていない切り札を出したのだ。しかし、遺伝子改変された脳の論理入力でおそらくすぐに手にはいる切り札だ。

「ミッドウェイ・ステーションは破壊された！」トスタンは主張した。

マッシモはかたまった。深くため息をついて、ふたたびクッションに倒れこんだ。

「え！　ところで、どうしてそれを知っているんですか？」

銀河ギャンブラーはシンタの警告するような視線を無視した。彼女はトスタンの意図を見抜いていたのだ。

変換器はどれもその技術のすばらしさを歌いあげ、自然の力を安全に制御した。トスタンはかれの覚醒意識の一部で、生命を維持する音を聞いていた。この装置の助けをかりる以外には、失われた六百九十五年間の出来ごとの手がかりを手にすることはできない。そのことをかれほど強く感じたものはほかにいなかった。この確固たる信念をつらぬいて、トスタンはゲームをつづけた。

「故郷銀河は滅びの罠になったらしい。だれもなかに入れない。つまり、外部からの脅威があったということになる」かれは確信をもって理論だてた。「あるがままに受けとめよう！　しかし、攻撃者は逃げ道をつくるものだ。ミッドウェイ・ステーションは銀河の境界から百万光年離れた宇宙の奥深くにある巨大な要塞だった。次の目的地は、ここから七十万光年離れたルックアウト・ステーションだ。次の宇宙駅は無傷で見つかるだろう！」

シントロニクス専門家のチーフである女性は息をとめた。ムラク・トブロン・ハーンがアアロン・シルヴァーマンをじっと見つめている。アアロンの右手はやろうと思っていた制御操作の途中で空中にとまっていた。まるで奇妙な指示標識のようだ。

「あら、そうなの？」それは司令室の奥から聞こえた。その医療従事者の女性は疑念を持ったらしい。「ルックアウト・ステーションは、外部からの脅威にはならなかったのかしら？」

「いや、過去にはなったよ。しかし、それは破壊も征服もされなかった」トスタンは動じずに主張した。「わたしみずからがロナルド・テケナーの依頼でテラの最新モデルのトランスフォーム砲とパラトロン・バリアで武装させたからね。五千人の優秀なテラナーを訓練した。この作戦は極秘で、わたしが《ツナミ３２》で遭遇したグリゴロフ事故のすこし前に実施された。ところで、わたしはいまこのすばらしい戦闘艦の設備がそれにふさわしくあつかわれることをのぞんでいる。整備もそのひとつだ！　高エネルギー

・エンジニアのアアロン・シルヴァーマンとアリ・ベン・マフルには、加速圧吸収装置AラインIのシンクロン分配機のロボットによる修理が正しく行われたかどうか、愛情をもってチェックしてほしい。アアロン、いつまで飛んでもいないハエを捕まえようとしているんだ？」

若いテラナーは自分の伸ばした腕を見つめた。まわりはしずまり返り、聞こえるのはかれの呼吸音だけだとまわりは思った。その音はしかし銀河ギャンブラーからだった。

アリ・ベン・マフルは立ちあがって、アアロン・シルヴァーマンの腕を下におろした。

「さあ、それじゃあ、そいつを調べようぜ。えーと、なんという名前だっけ？」

アアロン・シルヴァーマンはシートごとまわって、同じように立ちあがった。

「シンクロン分配機だよ！　はずかしながらいまの話に圧倒されちゃったよ。きみはどうだ？」

「エロくないか！　かれの大砲と関係しているにちがいないぞ。愛情をもってあつかえといわれたもんな！」

背が高く鍛えあげられたからだのアアロンは黒い巻き毛の友の頭を見おろした。アリ・ベン・マフルの、トスタンがいうところの海賊の顔は動かないままだ。

「もしそれがエロいなら、わたしは雇用契約の九条を楯にとるぞ。さあ、いわれたことをしようか？」

かれらはブリッジを通り過ぎた。スキッパーを無視して、さまざまな言葉でおたがいをからかいながら、皮肉のこもった目で見ている神経プシオン学者のロドニナ・コスナトロワに投げキスをした。

「とっても大胆だな！」アアロンは褒《ほ》めた。

「九条だって！」アリは満面に笑みを浮かべた。かれの人さし指は天井を指した。「われらがテラのモラルをお守りください、ロドニナおかあちゃま」

ラトバー・トスタンはふたりのでこぼこコンビが出ていったあとも、愉快そうににやにやしていた。状況は思いがけずリラックスしていた。だれもかれの発言の信頼性を訊ねるものはいなかった。

トスタンはほかのものにも考える機会をあたえなかった。いつもどおりの的確さで指示を出す。

「スペース＝ジェット部隊のチーフへ。発進準備。光速の一パーセントまで速度が落ちたらスタートだ。相対的に静止した瓦礫《がれき》までの予想距離はおよそ十五光分。戦闘準備に入れ。驚くなよ。大きな断片のなかにやっかいな連中が隠れている可能性がある。確認せよ」

「やっかいな連中？」ジャニュアリー・ケモ＝マサイから愕然としたような質問が返ってきた。「それはいったいどんな連中なんですか？」

「たとえば、ハウリ人のような、つまりわたしのような」トスタンはいった。「きみたちはどこにいると思っているのだ？　夢の宇宙か？　ちがうぞ！　もっとも危険なところだ。あらゆる種族の盗賊どもが宇宙ステーションのお宝を探そうと思いつく可能性がある。大通信ステーションのホワルゴニウムなんて、わたしのUSO時代には五千億ソラーの価値があったんだからな。さあ、戦闘準備だ！」

ケモ＝マサイはうなずいた。動揺しているようだ。トスタンは自分の言葉にさらに説明をつけくわえた。かすれた声が突然強く訴えかけるように響いた。

「ハンガイ銀河の第四クオーターが転移してきたとき、宇宙的なカタストロフィが起こった可能性がある。そのような出来ごとは、通常さまざまなところで大混乱を引き起こすからだ。社会秩序が変わる。古いものは忘れられ、新しいものが一夜にして生まれる。権力の移動や難民の流入より、その害を生きのびたものたちはパニックにおちいり、行動を起こす。それは局部銀河群の宇宙航行をするすべての知性体に当てはまる」

トスタンは言葉を中断してあえいだが、咳ばらいして小声でつづけた。

「ハンガイ銀河とともに数十億の異人が到着した。われわれは当時なにが起こったのか、まだだれにもたずねることができていない。知識豊富な、あるいは正確な資料を見つけることがわれわれの任務だ。そのためにわれわれの装置が正常に動くようにしておかなくてはならない。というのは、装置はかわりがもうないからだ。もし《ツナミ＝コルドバ》が空飛ぶ葬祭場になったら、それは不可能になる。さあ、みなしっかりしろ！　ケモ＝マサイ、なぜきみが配下の十機のスペース＝ジェットを絶対に守らなければいけないのかわかったか？　これから向かうところにはあらゆる種族の宇宙盗賊が巣くっている可能性があるんだ」

トスタンの声はついにやんだ。ロドニナ・コスナトロワは前方に走っていった。生きている死者のようなテラナーが、いまにも倒れそうにふらついていたからだ。トスタンは自分からは認めようとしないが、本当はもっと多くの助けが必要なのだ。

三十分後、格納庫のハッチが開き、十機の高速円盤型搭載艇がスタートした。ツナミ艦はかつての宇宙ステーションののこっている断片をめざして、自由落下で向かった。巨大な中心ハブのほぼ半分は砲撃され破壊されたが、半分ほどはまだのこっていた。かつてそれらをとり巻いていた三つの巨大なプラットフォームはほとんど消えていた。しかし、残骸はあちこちにある。

五百メートル級球型艦は毎秒三千キロで宇宙ステーションのみすぼらしい残骸に向かった。

もうミッドウェイ・ステーションは存在しない。トスタンは探知報告をおちつかない心持ちで待っていた。《ツナミ＝コルドバ》は衝突コースにいるのだ。

しかし、はるか遠くにはほんのすこしの瓦礫しか見つからない。それらは比較的ちいさく、宇宙のかなたに漂流していく。

大きな破片はおそらくものすごい勢いで飛び散ったのだろう。爆発のガス圧の強さに応じて、多かれすくなかれそれらは加速する。球状に拡散したことによって、それらは内側のゾーンをとっくにはなれていた。ちいさな破片はステーションの残骸のまわりを周回軌道のように動いている。

シントロニクスの解析ではある疑いが裏づけられた。ミッドウェイ・ステーションはすくなくとも標準時間で六百五十年前に核攻撃をうけ、破壊されていたのだ。

搭載艇乗員たちは生きているものを見つけることも、攻撃者がなにものなのか推理するための断片も発見できなかった。

艦内時間の十五時、NGZ一一四三年四月十三日、ジャニュアリー・ケモ＝マサイは再度報告してきた。調査を終え、艦にもどる途中だった。

「食いしん坊のマッシモに見つかった高級肉の缶詰のなかみたいに、みごとにからっぽでしたよ」かれは打ちひしがれて報告した。「ここにはもはやなにものこってませんでした、スキッパー！　もし破壊後にまだ貴重な装置とかホワルゴニウムがのこっていたとしても、とっくに回収されたのでしょう。あなたの掠奪説は正しいみたいですね」

トスタンは司令室の奥にある医療用シートの上で休んでいた。ロドニナがそれをあくまでも要求したのだ。このギャンブラーは肘でからだを支えて、大きなスクリーンを見た。

「まったく被造物仲間のすることは！　考えることを学んだものならだれだって、その良さがどこにあるか知っているはずだ。作戦は中止する。ここでは時間を空費している。早く帰艦しろ。ハイパー空間にもどるぞ。急げ」

ケモ＝マサイの姿がスクリーンから消えた。トスタンは床にその細い足を置き、ロドニナの抗議を無視した。

「このまま進んでも、せいぜい故郷銀河を見ることができるだけで、そのなかにはいれないわ！」彼女は強く訴えるように警告した。「あなたのからだはあなたが考えるよりも弱っています。禁酒、熟睡、ストレンジネス変化反応、そして精神的苦痛を黙ってがまんできる人はいないわよ」

トスタンは反抗的に手を振った。よたよたとブリッジに歩みよってかれの成型コンソールによじ登る。

「きみに精神的苦痛のなにがわかる？　わたしがほぼ六百年にわたる深層睡眠ののち、NGZ四二八年に目がさめたとき、わたしは見知らぬ世界でひとりぼっちだった。今回われわれはほぼ七百年を失った。しかし、われわれのなかで当時のわたしほど見捨てられたものはいない。さあ、どうやってそれに対処するかきみたちに見せてあげよう」

「われわれにはまだしばらくあなたが必要ですね」ムラク・トブロン・ハーンがいった。

かれのうながすような目はその言葉よりもっと心に響いた。「まずはグラヴィトラフ充塡の準備をします。この宙域でなら安全にエネルギーを補給できますからね。ここでわれわれを探知するものなどいないでしょう?」

トスタンは無意識にうなずいた。かれのコンピュータのような記憶脳が過去の映像を見せた。まだアトランのUSOスペシャリストで特務艦の艦長だったとき、ミッドウェイ・ステーションに行ったのだ。当時はマークスたちから友好的に受けいれられた。

トスタンは記憶を頭から振りはらい、全周スクリーンを見た。

故郷銀河は白い光点に見える。

「エネルギーの充塡作業を開始しろ」かれの指示が響いた。「ケモ=マサイがスペース=ジェットをエアロックに入れたらすぐにはじめる。わたしとしてはハイパートロップ吸引ビームの漏斗《ろうと》が発する光を見つけてほしいくらいだよ。訪問者はもっか大いに歓迎だ。ただし、行儀よくふるまってもらわなければならないがね」

トスタンはひとりでそっと笑った。精神的に弱っていた時期を乗りこえていたのだ。ロドニナは何度も自問した。トスタンのようなからだでどうやって命をたもち、行動することができるのだろうかと。

スペース=ジェット部隊が帰艦すると、すぐにハイパートロップ吸引ビームは虚無空間に伸びた。それは実際には虚無ではないが。

ビームはエントロピー過剰定数がすでに決定されている、エネルギー的に上位の、どこにでも存在する連続体との接触を試みた。

膨大な量のエネルギー流が伝導性のハイパートロップを通ってグラヴィトラフ貯蔵庫に流れこんだ。貯蔵庫から必要に応じてエネルギー流をまた呼びだし、有用エネルギーに変換することができる。

いまだに自由落下で進む航宙艦のはるか上に、超高周波の青白く光る漏斗ができた。このような五次元シャワーは通常遠距離からでも探知できる。エネルギーを補給しているメタグラヴ艦は、この段階ではかんたんに識別がつくし、攻撃をうけやすかった。

百五十人以上のテラナーと一名のスヴォーン人は、敵に探知されたことをしらせる警笛が鳴り響くのを無意識に待っていた。それがふつうだろう。しかし、ここではもはやふつうは存在しなかった。

注入開始後三十分でシントロニクスはスイッチを切った。だれもテラの宇宙船を探知しなかったし、探知したとしても、それを気にするものもいなかったのだ。

ラトバー・トスタンはこうなるだろうと思っていた。目的はまずは達成した！

ほぼ七百年の時間転移を精神的に受けいれはじめていた。それによって、変えられない大きな秩序に慣れはじめていたのだ。

とっくに死んでいる家族と友人は意識下での大切な記憶となった。

精神的な安定への重要な一歩は踏みだした。トスタンはその効果をひそかに〝精神的がまんの限界越《ご》え〟と呼んだ。

4

《ツナミ＝コルドバ》ではラトバー・トスタンがマークスのふたつの宇宙駅間の距離を超高速航行だけで一度にこえるとはだれも期待していなかった。

七十万光年はメタグラヴ・エンジン全盛の時代でも大変な距離だったからだ。それには経験豊富なツナミ・スペシャリストでさえ尊敬の念をはらった。

ハイパー空間を二回はなれて、探知し、位置を調べる。位置は非常に正確で、旧時代のシントロニクスに蓄積されたデータと照らし合わせたかのようにぴったりだった。

銀河間の空虚空間ではなにも変わっていなかった。六百九十五年といえども、永遠にくらべればたいした意味がなかったのだ。

消費したエネルギーはわずかだったが、二回めの方向確認の停止でふたつのグラヴィトラフ貯蔵庫への燃料補給をトスタンは決心した。

不満の声をかれはすくない言葉でかたづけた。賢いものはなにごとも偶然まかせにしないものだ。そして、小言をいった。いつ、どのように、そしてどのくらい急いでここで補給したエネルギーが必要になるか、だれもわからないじゃないかと。

やがてツナミ艦はアインシュタイン空間に復帰した。すぐに鳴りだした警笛を、トスタンは大歓迎している。それはロドニナ・コスナトロワのいうトスタンのどこかカオス的な性格に合っていた。両腕をひろげている。まるで全周スクリーンにあらわれた混乱した探知画像が守り神であるかのように。

耳を聾《ろう》するばかりに全艦警笛が鳴り響いた。その間にシントロニクスの機械的なアナウンスが響いた。この時点では警笛音でだれにも内容が聞きとれない。しかし、トスタンだけはこの地獄を楽しんでいるように見えた。

「わたしは心臓がとまったぞ。それなのにトスタンはにやにやしている！」アリ・ベン・マフルはとなりの相棒に大声でいった。「やってられないぜ！」

「ちがう！」アアロン・シルヴァーマンは叫びかえした。「それがトスタンだよ！　かれはいま自分のトランスフォーム砲のことを考えているに決まっている。それとも、あれはルックアウト・ステーションじゃないのかな？」

アアロンは頭上の全周スクリーンを指さした。アリは首をそらして、自分のよく見えない場所から湾曲になっている平面を見ようとした。それでも、部分的にしか見えなかった。しかし、それはアアロンの発言を全面的に証明していた。

超光速走査機の反射インパルスをシントロニクスがしだいに投影図に変えていく。その異質な物体自身の放射も同様に算出し、すでに手に入れた結果をつけくわえると、ついにはっきりした輪郭線ができた。それ以上はハイパーインパルスからのグラフィックスには期待できない。

中央主シントロニクスはアリ・ベン・マフルの疑問を認めた。大よろこびのトスタンと乗員メンバーの興奮をシントロニクスは意に介さなかった。シントロニクス結合体にとってはほかの探知と同じだったから。

「目的地点に到着しました。座標評価は百パーセント、ポジティヴです。故郷銀河までの距離は四十万光年。ほかの基準点にたいする方位測定も百パーセント、ポジティヴ。探知した物体はルックアウト・ステーションと思われます。不安係数USKOT〇・〇〇二パーセント」

「コンピュータのばか野郎！」突然いつにないはげしさでロンベ・マッシモがいった。「不安係数なんて意味がない。同じような宇宙ステーションがいったいいくつこの座標交点にあるというのだ？」

「意味不明。ばか野郎の説明を！　使用言語辞書に書きこみますか、イエス／ノー？」

「説明なんてしないぞ！」ハイパーディム物理学者は怒って叫んだ。「答えはノーだ」

シントロニクスは動じずに確認インパルスで答えた。

シンタ・ラズロは通常の送信モードにもどすことで静けさを手に入れた。

彼女は心臓が高鳴るのを感じた。艦内で発生した雰囲気は理解できた。ラトバー・トスタン以外はだれも古いマークスの宇宙駅を無傷で見つけだせるとは思っていなかった。そう、それは無傷だったのだ！

彼女はスキッパーに皮肉な視線を向けると、自身の艦内放送装置のスイッチを入れた。

「データ解析担当のシンタ・ラズロによる評価」彼女は知らせた。「これはルックアウト・ステーションよ！ みんなそろそろ冷静に話せるようになったかしら？ わたしたちはほぼ光速でその物質の塊りに向け航行中。距離は十五光分」

トスタンの指が入力キイボードの上をはしる。まだひとりで笑っていた。

シントロニクスの論理プログラミング編成は、相互の通信回路で即座に反応した。

メタグラヴ・エンジンの変換器は轟音《ごうおん》を響かせはじめた。加速圧吸収装置はどれも今回は準備ができていた。同時にシントロニクスは内部重層防御バリアの構築への即時対応をしめした。

《ツナミ＝コルドバ》は九百キロメートル毎秒毎秒の制動加速を強いられた。それはほぼメタグラヴ・エンジンの最高出力と同じで、そもそも必要ない。そう考えているのはシンタだけではなかった。トスタンは超高周波数領域で何倍にも強化された自己放射をただたんにつくりだしたかっただけなのだ。探知される危険は歴然としているのに。

それとも、あのギャンブラーは、できるだけはやく発見されようとしているのでは？

シンタはひそかにぎょっとした。

彼女が質問する前に、死者のような男はすでに説明をはじめていた。しかし、だれも驚かなかった。

「みんな！　そうだ、きみたちの予想は正しい。マークスがわれわれをタイミングよく探知し、われわれがなにものかを確認することを願っている。だから、五次元領域で花火を打ちあげた。われわれが飛びこえてしまった数百年のあいだに、水素メタン呼吸者がわれわれを友好的なテラナーだと識別できなくなった可能性を考えているものはいるか？」

ようやく心からほっとしたために、トスタンのいびつな笑いはついに消えた。

アダム・ピッテンブルクは浮遊マイクロフォンを呼びよせた。その話は艦のすべてのセクションで聞くことができる。

「みな考えていますよ」かれはスキッパーの冒険心をしっかりと制御しようと決意して話しはじめた。「あのステーションにはなんらかの知性体がいる可能性がある。それがマークスだとだれが保証するのですか？」

「われわれはあるがままに受けいれよう」

「わかりました！　それなら、当時のテラとマークス間の平和協定について、知っているると思いますか？　もし、知っているなら、われわれに対してどのような態度をとるでしょうか？　銀河政治的そして経済的関係がほぼ七百年のあいだに変わっていないと、だれがいえるでしょうか？」

　トスタンは安全ベルトをはずした。くぐもった轟音が《ツナミ＝コルドバ》の球体の奥深くでとまった。速度は光速の一パーセントまで減らしつつあった。

　トスタンはシントロニクスの報告を待って、いくつかの措置を確認し、自分のコンソールに向かった。

「問題は非常に複雑かつ広範囲で、徹底的に討論している時間はない。われわれはNGZ一一四三年四月二十日に二百の太陽の星に到着していなければならないからな。きょうは四月一五日だ。いまルックアウト・ステーションにだれがいるかはどうでもいい。すぐにわかる。われわれの唯一の目的は、現状に関する信頼できる情報を手に入れることだ。キュウ公……」

　かれはムラク・トブロン・ハーンの幅広い肩ごしに目をやった。ブリッジの張りだし部分の下にポージー・プースがいた。

　このスヴォーフォンのキュウリ形生命体は皿型シートをまっすぐに立てていた。四本のちいさな指が特別コンソールのミニチュアキイボードの上をすばやく動く。

　ポージー・プースは細い上半身の向きを変えた。トスタンはそのスヴォーン人の大きな目を見て、いかにこのポージーがいまの状況に苦しんでいるかを全身で感じた。

何年もの緊密な協同作業のあいだ、そのきゃしゃなからだが許すかぎりよく試練に耐えた。《ツナミ32》のグリゴロフ事故のあと、言葉にできないほどの苦労と不自由のもとで、破壊されたポジトロニクスを再建したのはかれだった。

当時、かれはいつか故郷をもう一度見てみたいと願っていた。そのチャンスはいまもまだある。ただもっとも身近なものたちを失った喪失感を無意識のうちに排除することが、精神的に強靭《きょうじん》なテラナーのようにはまだできていなかった。

トスタンはこのスヴォーン人を鍛えることを決心した。

「きみが自分自身を救えないなら、すくなくともほかのものを救うべきだ！」トスタンははじめた。「恒星スヴァフトはいまも輝いている。四百万のちいさな心が愛と過去からの偉大な知識を待っている。これはわたしの直感だが、きみの世代の子孫はその時代の知識を失ってしまっているかもしれない。そのものたちをきみの個人的な悲しみのために放置するのはきみにふさわしくない。きみはいつまた力になってくれるのだ？」

スヴォーン人の目は輝きをとりもどさなかった。それでも状況を理解できるようにはなっていた。すくなくとも、理解しようとしていた。

「まったくもってよくわかりました、大きな友よ。わたしへの叱責をこれほど長く先のばしにしてくれたことにとても感謝しています」

「ばかばかしい！」トスタンは独りごとのようにうなった。わずか四十センチメートルほどの背の高さの生物からの視線をかれは避けた。

「いえ、いえ、本当ですよ」スヴォーン人はさらにつづけた。「あなたは以前のように口やかましく、テラ的に単刀直入であるべきなのです。それに慣れていましたから」

「本題に入ろう」ギャンブラーが話題をそらした。「きみはわれわれのグリゴロフ事故の前に実際にルックアウト・ステーションにいた。われわれが保存した設計プランと一致しないものがあったか？」

「ああそうか、かれはつまりそこにいたのか！」アダム・ピッテンブルクは不満げに口をはさんだ。「そうすると、話題になったトランスフォーム砲を設置したのもかれなのか、どうなんだ？」

トスタンは笑みをポージーに向けた。

「ステーションは破壊されたのか、そうでないのか？　それだけが問題なのだ。わたしのいったことは忘れてくれ。きみの繊細な性質によかれと思っていった言葉なんだ。キュウ公、なにをきみは見たんだ？　わたしが知るかぎりでは、きみはあそこのポジトロニクスの修理をしていたよな」

ポージーは実際に悲しみを忘れて、数分間は生き生きとしていた。

「スヴォーン様式の巨大ポジトロニクス計算機が故障したんです。不器用なマークスにはだれもそこにあるマイクロカードをさしこむことができなかったんですよ。いいえ、ステーションはまったくもってなにも変わっていませんでした。一部の施設は老朽化し、管理が不十分でした。その後、マークスが既存のものをある程度維持する以上のことをしたとは思えません」

「論理的な理由は？」トスタンは要求した。かれの喘鳴が全艦放送装置のスピーカーから聞こえた。

「おや、あなたはきっと知っているでしょう、大きな友よ！　マークスの宇宙基地はとっくに本来の意味を失っていました。新しいメタグラヴ・エンジンによってアンドロメダへの直接飛行が可能になりました。旧式の船しかもうこの宇宙駅を利用しなくなったんです。そこにはもうほとんどなにもありませんでしたよ。わたしはほぼ四週間そこにいましたが、そのあいだ、だれも助けをもとめてきませんでした。すでに造船所は完全休業状態でした」

　トスタンは緊張をゆるめた。とっくに歴史になってしまった宇宙基地の状況が、依然としてかれは気になるようだった。

「よくわかった！」かれはしばらくしていった。「マークスの船の装備品はあまりに高すぎた。造船所のサービスは不十分で、あらゆる種類の代替部品は例外なく粗悪な海賊版で、永続的な使用価値はなかった。しかし、ギャラクティカーは貨物船会社と旅客船会社のはげしい競争の時代にはそんなものだと思っていたのだろう。いいだろう、われわれはポージーが働いていたころのルックアウト・ステーションと変わっていないと考えることにしよう」

シンタ・ラズロはただ聞きながしていた。完全主義者のラトバー・トスタンがステーションに足を踏みいれるために、あらゆる手をつくすだろうと思っていたからだ。失われた数百年に関する望んでいる資料が見つかるのはそこしかないのだから。

ルックアウト・ステーションはなにも変わっていないはずだというポージー・プースの見解に対して、走査器からの調査結果がとどいた。シントロニクスの出した数多くの結果にシンタがフィルターをかけて、特別な解析をさせていたのだ。

シンタはトスタンがまたしゃべりはじめる前に連絡した。同時にシントロニクス結合体はコンピュータ・グラフィックスを全周スクリーンのいくつかのスクリーンにうつしだしていた。それはさまざまなタイプのマークス製の宇宙船だった。構造上のちがいにもかかわらず、それらはぜんぶシリンダー型だった。

「マークス船のリストです。もっとも重要な、われわれがよく知っているタイプの種類をリストにしました」シントロニクス専門家のチーフはいった。「それをあなたによく見てほしいんです！」

トスタンはこの口調を警告のように感じた。迫ってくる危険に対するかれの繊細な感受性は類を見ないものなのだ。

眼孔の奥深くにある目はカラーの画像に吸いつくようだった。うつしだされたデータを直感的に遺伝子改変された多重テラビット記憶中枢に送ったものと比較している。通常のテラナーは利用しないこの大脳の一部分は、記憶保存していた知識を網膜にアウトプットしてくれるのだ。

「そうか、それで？」トスタンはしばらくしてゆっくりした口調で訊ねた。「その情報は正しい。それがどうした？　そのような船が特定されたのか？　実際のところ、このような明確な結果を得るには、まだ少し遠すぎるんじゃないか」

「距離はほぼ二億七千万キロメートル。位置測定は自己センサー機能と外部放射からハイパー・リフレックスとして入ってきます。通常の光速での探知はあきらめました。長くかかりすぎるから。このコンピュータ・グラフィックスは保存画像です。われわれが最近受信したものはまったくちがうのよ！　いま輪郭がよりはっきりします。もしルックアウト・ステーションでなにも変わっていないというなら、そこできっと客を迎えたにちがいないでしょう。それとも……」

彼女は中断しておちつかないようすで上を見た。完全に描きだされている古いタイプの宇宙船のとなりにべつのかたちが浮きでてきたのだ。

ピッテンブルクとマッシモはすでに自分たちのコンピュータで調べはじめていた。ポージー・プースの指は同様にキイボードの上をはしっている。だれもシントロニクスに声をかけない。シントロニクスはすでにベストをつくしていた。

直径三十五キロメートルのまるい三つのプラットフォームと四十六キロメートルの長さの宇宙ステーションの中心にあるハブが、精密な測定をじゃましていた。検出された異質な物体は着陸エリア付近か、あるいはそのすぐ上にいる。ステーションの金属の輪郭にまぎれ、ほとんど見わけがつかない。外部放射と重なってしまっているのは明らかだ。

トスタンは論理にもとづいた方針での蓋然性の算定を要求した。シントロニクスは拒否した。

「保存しているデータがありません！　あらたに確認されたものの計測結果は不十分です。待ってください」

銀河ギャンブラーは成型シートにもたれかかり、足を伸ばした。シントロニクス結合体が待てというのはいつにないことで、新しい状況が生まれたようだ。

「われわれはまだ見たことのない船を相手にしている」銀河ギャンブラーはもの思いに沈みながら独りごとのようにいった。それでもなお、その言葉は《ツナミ＝コルドバ》のどこでも聞こえた。「古いテラナー種族の誇り高きハーンよ、きみの直感はなにかいっているか？」

ムラク・トブロン・ハーンは口のなかでなにかいった。それは怒っているうなり声のようだった。

「それでどうだ？」トスタンは動揺せずにさらにしつこく訊ねた。

「待ってください！」ムラク・トブロン・ハーンはどなった。「ここまでくるのに、かなりの時間を浪費したんですよ。あと三十分くらい待てるはず」

「三十分だって？」トスタンはゆっくりした口調でくりかえした。「それだけあれば、かつて歴史が動いたことだってあるんだぞ。緊急加速の準備、完全防御態勢。全員に指示する。なにが起ころうと、いかなる状況でも発砲はしない！　ただし、威嚇射撃は除外する。ムラク、きみはシントロニクスの火器管制システムを監視しろ。けっしてまちがいが起きてはならない。シントロニクス結合体を通じての許可は主制御コンソールからのインプットでのみ実行」

司令室と十五隻の搭載艇のなかで声をひそめておこなわれていたやりとりは突然やんだ。最大限の探知成果を獲得するためには、ツナミ艦の速度は速すぎ、すばやい退避行動をとるにはあまりにも遅すぎた。砲撃下での高速航行がいかに有益か、もとUSO艦長のラトバー・トスタンほど知っているものはいない。

未知の船種のリフレックスを発見して以来、トラブルが目前に迫ってきているのに気づいた。戦闘能力の優秀さで有名なマークス族が堅く守っている宇宙ステーションにすんなり到着できたら、それはそれで驚くべきことだ。宇宙駅がまだ存在しているということが、そもそも運命の導きなのだ。

シントロニクスの制御スクリーンには、まだ待機中のマークが表示されていた。ハイパーディム物理学者のマッシモとピッテンブルクは到着する散乱放射線の査定をしていた。それは通常空間と五次元空間に存在していた。

シンタ・ラズロは実行中のコンピュータ・プログラムにくわえて、未知船の通信を盗み聞きしようとした。彼女が仕あげた論理データは、シントロニクスがすぐに採用した。シンタの考える脳を信頼していたからだ。

ポージー・プースはそろそろくるはずの指示を待っていた。トスタンはせかすような視線を感じた。

「危険を承知でやってみるか、キュウ公？」トスタンはポージーの考えを読んで、それを口に出した。「よし、いいじゃないか！　むこうはこっちをとっくに制御スクリーンで見ている。ハイパーカム通信とビーム放射機の用意を。広角キャプチャで撮影。こちらの司令室の一部が見られるようにする。トランスレーターのスイッチをいれろ。われわれはインターコスモとクラーマク語で送ろう。まずはハンザコマンドのＩＤコードの最新ヴァージョンからだ。もしかしたら、まだおぼえているかもしれないからな。われわれがテラナーだとマークスたちが納得するものはすべて送れ」

「それなら提案するわ。あなたは画面の前からどいてちょうだい」インターカムから声がした。ロドニナ・コスナトロワだった。医療センターにいるようだ。

トスタンは嫌味な笑みを浮かべた。これならできるのだ！

「だれも気にしないことがきみの心を責めさいなむってわけか、ちがうか？　ハウリ人を見たことのあるものなら、わたしをハウリ人だと思うかもしれない。だが、そのまちがいを正すのだ」

「わたしの心を責めさいなむのはそれよ」彼女は強くいった。そうかんたんにこの神経プシオン学者はおちつきを失わなかった。たとえ相手がトスタンでも。「われわれはあなたのために仮面をつくったわ、どうか思い出してちょうだい。仮面はほんものそっくりに見えて、そして……」

「……わたしをテラのスーパーマン、ロナルド・テケナーのようないやなやつにかえる」トスタンはおもしろがって中断した。「きみがつくった仮面がどうだっていうんだ。必要なら、それをつけよう」

「必要に決まっているでしょう」ロドニナが興奮していった。「賭けてもいいわ。マークスはハウリ人を見たことがある。わたしたちをテラナーだと思ってもらうのを、なぜむずかしくするの？」

「宇宙駅であるルックアウト・ステーションに着陸して、グレク1と話すことにたぶんなるだろう。しかし、あそこは重力がほぼ三Gだ。気温はすくなくとも摂氏七十八度、そして、気圧は高くて人間には耐えられない。ついでにいうと、水素とメタンとアンモニアでできた毒性の強い大気にとりかこまれる。マークスたちはアンモニアを吐き出すんだよ、尊敬する女性！

「知っているわ！」

「鎌頭の呼気よりもいっぱいの毒気を吐かないでくれ。ＴＳＳは閉じてなきゃならないから、防護ヘルメットの下に仮面をつけるのは無理な要求だ。仮面はずれ落ちてきて、わたしの視界をさえぎるか、口もふさいで息ができなくなるかもしれない。つまり、わたしの美しい顔を前もって見せるんだ。それでグレク１が卒倒したり、わたしの腹を撃って穴を開けたりしなくてすむ。ハウリ人と思われる危険は承知だ。わかったかね？」

「だいたいだけど！　あなたはマークスたちにあなたの本当の姿を見せなければならないということね。わたしのマスクはいつでも貸すわ。連絡終わり」

「まったく、まるで二十世紀の細菌による溺死トラップにひっかかったみたいだぜ」ギャンブラーはぶつぶついった。「テラの女ってやつは、まったく！」

「先祖の女性はあんなふうだったんですか？」ムラク・トブロン・ハーンがいった。

「みんなそうだったよ！」トスタンは大げさにいった。そして、右手で軽く胸をたたき、紳士として女性への敬意をあらわした。「シガ星人の害虫駆除業者がつくったトラップなんだ。とてもちいさいんだ」

「向こうの船が同じようにちいさかったらありがたいんだけどな！」ピッテンブルクは乱暴にいった。その人さし指は全周スクリーンを指していた。「かれらはわれわれになにかをもとめている。その放射からメタグラヴ・エンジン搭載船だとわかる。ルックアウト・ステーションで燃料を補給中だ」

ラトバー・トスタンはにやりとしただけだった。大口をあけて笑うのはとっくにあきらめていた。それでもなお、このレプソの詐欺師は、笑いが神経質になっているものたちの心のこわばりをほぐすことは知っていた。もちろん二十世紀のテラナーたちは細菌による溺死トラップなどは持っていなかった。それとも、あったのだろうか？　それに当時の害虫駆除業者とはどんな職業だったのか？

5

「新型のコンヴァーター砲からの攻撃を計算にいれるべきです！」シントロニクスは未知船が出航したあと、すぐに伝えていた。

《ツナミ＝コルドバ》艦内でこの警告を無視するものはいなかった。マークスが過去の何百年かのあいだに武器システムを改良したことは推測できたから。かれらが実際に戦闘的なハウリ人と遭遇していたらなおさらだ。

NGZ一一四三年四月十五日、艦内時間十二時三十六分。六隻のうちの最初の一隻の未知船が《ツナミ＝コルドバ》に向け砲火を開いた。

いかなる通信による呼びかけもマークスは無視した。近づいてくる船の司令官も、宇宙ステーションの乗員も、だれも返事をしない。

ラトバー・トスタンはルックアウト・ステーションがべつの権力グループの手に落ちたのかもしれないと疑ってみた。

シントロニクスが六隻の未知船の攻撃を分析し、過去の数多くの経験データと照らしあわせた。その結果、トスタンの疑いは消えた。

トスタンいわく、これほどしつこいのはマークスしかいない。

それぞれ三隻の船を二列にならべ、上下にずらして飛来してきた。攻撃の的としてこれ以上の効果的な隊形はないだろう。いずれにしても、近代的なトランスフォーム砲での攻撃ならばさらに効果的なはず。

トスタンはそのことは黙っていて、こんなばかげたことができるのは、数にまかせて自信満々のマークスしかいないだろうとだけいった。

シントロニクスはまったく異なる評価をした！　トスタンの砲撃禁止命令にしたがって待機状態にあるにもかかわらず、〝許容可能とおぼしき正当防衛状況下での危険要素の排除〟という具体的かつ計算しつくされた提案書を出してきた。

もし、ムラク・トブロン・ハーンが武器制御コンソールでこれを認めていたならば、六隻の未知船はすでにたなびくガス雲になっていたかもしれない。

トブロン・ハーンが認めなかったので、ラトバー・トスタンはこの瞬間、自分の指示をひどく後悔することになった。

＊

かれらは二十光秒向こうから戦端を開いた。《ツナミ＝コルドバ》のシントロニクスは光の数十億倍の速さで進むエネルギー放射をとらえた。それを既知の数値と比較した結果、以前にはなかったものだという結論を出した。マークスはほぼ六百万キロメートルをこえる標的に、効果的に電荷を届けることはけっしてできなかったからだ。

コンヴァーター砲の新型が実際に使われているという見地は、論理複合システム領域で一連のシントロニクスによる防衛措置を作動させた。

かつては非常に効果的な防御武器だった緑の高エネルギー重層バリアはパラトロン・フィールドによって強化された。

しかし、五層パラトロン・バリアを完成させる前に、災いはテラの球型艦に降りかかった。

高濃縮エネルギー・フィールドのボウル型捕捉バリアの構築はまにあわなかった。NGZ一一四三年のマークスもまた、テラナー同様、超光速反応をつかっていた証拠だった。

トスタンは全周スクリーンのあちこちでまだ光る警告サインを見ていた。その印象を頭で処理する前に、船は白い炎の洪水に飲みこまれた。

それが崩壊した防護バリアによるものか、あるいは武器の直接的な効果に起因するのかは、だれもわからない。たしかなのは、非常に慎重にやったが、それでもまだ慎重さがたりなかったという認識だった。

　ムラク・トブロン・ハーンは垂直に持ちあげられ、安全ベルトがからだに食いこんだ。近くのふたつの影のようなものに気づいた。それはまっすぐ上昇すると、円を描いて、それから下のキイボードコンソールのカバーにぶつかった。

　とっさにそれは骸骨のようなトスタンの足だと判断した。うっかり固定具から滑りでて、制御できない動きにおちいってしまったのだ。

　同じようなことがほかの乗員にも起こっていた。自動安全ベルトがなかったら大けがをしていたかもしれない。

　艦外監視スクリーンは依然として同じように炎の洪水だった。見るかぎりでは、実際に《ツナミ＝コルドバ》のバリアはどれもうまく作動していた。それでも、強い衝撃を完全に吸収することはできていないようだ。

　人間の反応はあまりにも遅すぎた。超光速エリアでの出来ごとはまったく理解できない。ましてや手作業のスイッチ操作でそれらに対応するのは無理だった。

　トスタンの思考は、計画された一連の思考というよりは、むしろ本能的な直感だといわれていた。かれはUSO時代からマークスのコンヴァーター砲を知っていた。この知識はいまや潜在意識から飛びだし、外でなにが起こっているのか把握するのに役だった。《ツナミ＝コルドバ》は放出されたエネルギーの一部分を直接感じることになった。痛めつけられているセルの振動と咆哮は、マークスがいまだに基本的に使い慣れた技術を使っていることをしめしていた。

マークスの転送機のような大砲は、標的に五次元ベースの不安定な球形フィールドをつくる。それにとらえられた物体は、フィールドが消えた瞬間に活発になる上位の法則性を受けるのだ。あらゆる種類の物体が非物質化されて、ハイパー空間の構成要素になる。

トスタンはそのフィールドの安定期間がほんの一瞬だと知っている。この時間内に非物質化がおこなわれなければ、問題を回避できるはずだ。

目の前で制御ランプが明滅した。強い揺れでまわりがゆがんで見える。しかし、シントロニクスがいつものスピードでギアを切り替えたのはたしかだった。シントロニクスは自身の処理速度と戦うのではなく、駆動装置の作動時によくある機械的な緩慢さと戦っていた。

虚空がまだ炎をあげている。全周スクリーンは艦の周辺でのさらなるエネルギー放出をとらえていた。マークスの攻撃は命中とはほど遠かった！　それは新時代でも変わらないようだ。

引きさかれた連続体の奇妙な光跡はあっという間に消えた。それはツナミ艦が恐ろしい数値で加速している証拠だった。

球型セルの振動する咆哮が、べつの音によって増幅された。このような重要な瞬間に、論理プログラミング編成のパフォーマンスを限界まで押しあげたのは、最大負荷で稼働するさまざまな装置の転換機だった。

トスタンの耳は自動的に展開された防音装置によってなかばおおわれた。分厚い皿状のものが耳を守る。しかし、同時に通常のコミュニケーションも阻害された。司令室の艦内通信用のスピーカーは乗員の叫びと、それと同時にシントロニクスのよく聞きとれないアナウンスを伝えている。そのとき、《ツナミ＝コルドバ》の艦内はまさに異常事態だった。

セルの振動はさらにひどくなり、全体がはげしく揺れ動く。それは四機のフル稼働しているメタグラヴ・プロジェクターによる加速で、軽減するどころか、ますますひどくなった。このような副次的作用は、最新モデルの戦闘艦といえども完全にとりさることはできなかったのだ。

トスタンは声帯が痛むのを感じた。指示を叫んだからだ。自分には聞こえなかった。指先は主制御コンソールの入力キイを探していた。だがすぐに、指をすばやくひっこめた。まちがった命令を出して、シントロニクスがそれをいやおうなく実行するかもしれないからだ。

突然、転換機の作動音がとまった。つんざくような警笛は、エネルギー振動緩和機が同様にフル稼働していることをしめしていた。戦闘艦の装置は限界に近かった。

振動をともなう轟音がしずまるまでの数秒間は苦しかった。

トスタンは防音装置を頭からはずした。まだのこっていた騒音が直接耳を襲ってくる。しだいに最初のアナウンスが聞こえてきた。

制御モニターと大きな全周スクリーンに目を向けると、炎の洪水は消えていた。空虚空間は漆黒に席を譲っていた。

ようやくシントロニクスのアナウンスも聞きとれるようになった。それは必要なことにのみ絞られていた。

「非物質化効果を持ったコンヴァーター・フィールド二発が命中。振動障害は排除されました。駆動装置の稼働率は八十五パーセント。緑のHÜバリアは効果なし。防御に必須の五層パラトロン・バリアならびにボウル型捕捉バリアは構築に失敗」

「なぜだ？」だれかが叫んでいる。アアロン・シルヴァーマンだった。

中央主シントロニクスはそれを無視した。かわりに、乗員に精密なカラー画像の新しい探知結果を提供する。

ルックアウト・ステーションは加速した結果、艦の下に見えるようになっている。三つの巨大なプラットフォームが俯瞰《ふかん》で見える。中軸は円形の図形としてあらわれた。

約五十の金銀線細工のようなものがステーションから抜けてきた。かたちはおおよそしかわからない。

反対に全周スクリーンの左半分に宇宙船の画像があらわれた。その輪郭は精密に描かれていた。見たことがないものだった。

〈攻撃タイプ！〉シントロニクスが文字で伝えた。敵をはっきりと探知することについに成功したのだ。

　トスタンはベルトの許容範囲ぎりぎりまでからだを大きくのりだした。変わったかたちよりもまずはその大きさに興味があった。目をひくが、一方で奇妙な感じがする。

　それは直径六百四十メートル、高さ百五十メートルの円板状の構造物だ。奇異に感じるのは七百メートルの長さの非常に細いシリンダー本体で、その端に二基の駆動装置のふくらみが見える。この構造物は左右対称でなく、右の円盤の端につけられていた。シントロニクス結合体によれば、独立した飛行能力を持った船かもしれないという。しかし、ただつながっているだけかもしれないらしい。完全な非対称は操縦するさい、大量の問題と振り子ドリフト現象を引き起こすことになる。

　シントロニクスはテラナーたちがその印象を消化するまで待たなかった。べつの問題に気づいたのだ。

「攻撃船が追ってきました！」船の最後の揺れはしだいに弱まっていた。ふたたび静けさがもどった。「敵は攻撃隊形を維持しています。このままの加速だと八分後にこちらに到達。なんらかの措置を推奨！」

トスタンはいかに状況が危機的かを知った。《ツナミ＝コルドバ》の防御準備状況に関しての分析をおこなっている時間などなかった。シントロニクスにもこれ以上の情報はない。たしかなのは、モバイル・ロボット部隊が損傷除去に従事していることだけだ。

逃走か、それともポージー・プースの通信呼びかけを相いかわらず無視している異人へのきっぱりとした警告か、トスタンはそのどちらかを選ぶかしかなかった。

逃走では、艦は宇宙ステーションから遠くはなれることになる。しかも、超光速飛行でしか成功しないだろう。トスタンは面倒な接近をもう一度実行するつもりはなかった。

「シントロニクス、音声による命令、オーバーライド値で、認証承認」トスタンの声が響く。かれはＩＤ自動承認装置の光っている斜面にてのひらを置いた。シントロニクスは承認した。

「戦闘準備完了。砲塔準備よし、二門のトランスフォーム砲にそれぞれ四千ギガトン装塡ずみ。標的エリアは接近中の敵編隊の前です。人工太陽の末端部に飛びこませてやりましょう。わたしは殲滅《せんめつ》を望みません！　でも、連中にはそれを感じさせてやりましょう。標的捕捉後、攻撃開始」

艦内のだれもが過去の経験から知っていた。この論理プログラム編成は上部砲塔ドームをとっくに繰りだしていたのだ。たぶんツイン砲塔もすでに装塡されていたのだろう。しかし、トスタンはそのことを訊ねなかった。

戦闘開始許可からたった五秒後に二門の非物質化システムの轟音が聞こえ、セルを振動がはしり、だれもが思いちがいではなかったことを知った。非物質化トランスフォーム爆弾は光の数百万倍の超光速で放射され、あらかじめ計算された時間に再物質化する。短時間での反応の結果、わずかな距離なので以前はふつうだった照準角をほとんどおざなりにすることができた。マークスはその中心射程の領域にいる。

ハイパー探知装置はただちに反応した。ほぼ三十光秒はなれたところで、五次元の周波数範囲の割合が高い巨大なエネルギーが放出されたのだ。

ふたつの火の玉のリフレックスが制御スクリーン上にあらわれた。それらはすばやくひろがり、数秒後には敵のエンジンのハイパーエコーにおおいかぶさっていた。

テラ宇宙艦が進んでいたため、爆発のあとようやく四十一秒たってから通常の光波が到着した。そして、すでに過去になった出来ごとを体験した。

しかしその直後に、ふたつの青白い人工太陽が通常撮影のスクリーンをふさいだ。六隻の異人の船はしばらくその姿を消していた。しかし、その向こうでは地獄がはじまっていた。

高速で移動する巨大な船の集団を滅亡の航路から引きはなすことは、司令官たちにはとうていできなかった。光速の三十五パーセントの速度での回避操縦には膨大な行動半径が必要だったが、それはこの状況ではとうてい不可能だ。攻撃者は非常に高温で大量のガスの塊りに接触しなければならない。

シンタ・ラズロはこの措置の結果を息を殺して待っていた。それは彼女だけではなかった！　トスタンのシントロニクスへの命令ははっきりしていた。問題はシントロニクスがそれを意味どおりに、実行できるかどうかということだ。

「議論はなしだぞ！」スキッパーのどなり声が聞こえた。「こんな連中にこのようなかたちで優しくしてやったのは、いずれにしても指揮官になってからはじめてなんだ。ふつう、警告もなしにたまたま近づいてきたやつに向かって、突然コンヴァーター砲の一斉射撃なんてするか！　キュウ公、何回、きみはわれわれの平和的な意図を連中に確認したんだ？」

「何回も！　まったくもってずっとですよ」

「未知船があらわれたわ」シンタはほっとして報告した。「消えていなかったみたい。おやまあ、でもなにかやはり……」

「そうじゃない！」スキッパーはすげなく中断した。「かれらは同じ軸のまわりをまわっているだけだ。まさにそれをすべきなのだ。ばかげた戦闘隊形できて、全員巻きこまれた。いま四千ギガトン爆発の中心で自分たちになにが起こっているかをわかるといいのだが。シントロニクス……」

シントロニクスはすぐに反応した。

「減速だ。針路をルックアウト・ステーションに。戦闘準備完了の状態のままで。防御バリアは最大限に。質問。なぜボウル型捕捉バリアを投入しなかった？　なぜ、五層パラトロン・バリアはもっと早く構築できなかったのか？　われわれはすんでのところで引きさかれていたかもしれないんだぞ」

シントロニクスには長所があった。このような批判を自分へのものととらえないのだ。

「敵はコンヴァーター・フィールドをオーバーライト係数１００でわれわれに向けてきました。発射を示す閃光を探知したのち、到達までののこり〇・二秒ではボウル型捕捉バリアを構築するのに充分ではありませんでした。ＺＥＲＯは切り替えられました。フィールドは待機したままです。パラトロン・バリアは用心のために待機状態でした」

それがシントロニクス結合体が説明に用意していたことのすべてだった。なぜ、未知船が出現したさい、シントロニクスが念のためテラ最高の防衛武器を用意しなかったのか、それはシントロニクス自身の秘密のままだった。

シンタはすこし変わったことを考えた。バイオを強化してもシントロニクスは人間の脳にかわることはできないだろう。

たぶんマークス船が新型だと気づくのに遅れたことが、実際にはまちがった判断の理由としてあるのだろう。古くから知られているシリンダー型の船が新しいコンヴァーター砲を装備していることだってあったかもしれない。

トスタンも同様にそのことを考えていた。いずれにしても典型的なかれの論理的方向に沿ってだが。

シントロニクス結合体が命令を実行にうつし、テラの戦闘艦を指示された針路に方向転換させているあいだ、かれはつっけんどんな調子で訊ねた。

「中央主シントロニクス、特別分析だ。六隻の攻撃船のすべてが新しいコンヴァーター砲を装備していたのか？　二発の命中弾が確認された。ほかの四隻の船はどうだったんだ？」

「わかりません！　命中弾の影響で分析不能です」

「本当か？」スキッパーはあざけるようにいった。「われわれはかなりの連続体亀裂を確認した。だれがその原因をつくったんだ？」

「わかりません！」

「それなら、わたしに論理的分析結果をくれ！」トスタンはあきらめたような声で要求した。かれは叫びたかった。だが、それはできなかった。内面の興奮は、自分自身で処理するしかない。

アリ・ベン・マフルは司令官の心理的苦しみに気づいた。わめくことさえできないものには、精神的な負荷はとてもつらいものだ。アリは自分のインターカムのスイッチを入れた。

「アリ・ベン・マフルからスキッパーへ。新世代のコンヴァーター砲で武装していたのは二隻の攻撃船だけだと思われます。われわれにとってはとてつもなく明るい希望です！　六隻すべてが新型を搭載していたら、われわれはきっとハイパー空間でふるえる雲として目をさましていたでしょうからね。四隻のマークス船は古いモデルで攻撃していました。でも、それらはわれわれのHÜバリアを打ち負かすことはできなかった。高エネルギー熱兵器を使った可能性もあります」

「〝たぶん〟古いモデルで攻撃したのだろう」トスタンは発言を修正した。かれは理解できなかった。「ふるえる雲についてはあとで話そう！　シントロニクス、論理的評価への要請はとりやめる。若いテラナーがすでにやった」

「そんなことといっても、シントロニクスは気にしないわ」シンタは独りごとのようにいった。トスタンには聞こえていなかった。病的に聞こえる咳のあとにかれはつづけた。

「スキッパーから全員へ。ありがたいことに、マークスは新しい武器をまだ量産していないらしい。運がよければ数隻しかそれで武装していないだろう。ルックアウト・ステーションが新しいものを使うか、あるいは古いタイプを使うかは、まもなくわかるだろう。ポージー、相手がなにものかたしかめるのはわたしが引きうける」

「それはやってみましたよ、大きな友」嘆かわしそうにスヴォーン人はつぶやいた。

「まったくもって本当に返事をしないんです。でも、そのさいに多くのアナウンスをキャッチしましたよ。使われているマークスの周波数はすべて保存ずみ。尊敬すべき水素アンモニア呼吸者たちは恐ろしくたくさんのことをしゃべってました。以前よりもずっと多く」

「それは本当にマークスか？」

「もちろんです、かれらはクラーマク語を使っていますよ。その言葉は長い時間をへてとても変わってしまいました。わたしはそれをトランスレーターにプログラミングしました。もちろんすべての搭載艇と防護服のものにもです。本当にぜんぶ！」

「立派だ、きみはまさしく環境適応スヴォーン戦士だ」トスタンは褒めた。歯をむきだした笑みがかれの顔を醜くした。「それならわたしは尊敬する同盟仲間たちに新しいクラーマク語で呼びかけ、かれらに西暦二四〇五年にわれわれと結んだ平和・相互援助に関する条約を思いだしてもらおう」

「とっても楽観的ね！」ロドニナ・コスナトロワがいった。　「けっこうなことだわ、わたしはなにもいいたくない。がんばって」

6

ラトバー・トスタンはかつての惑星レプソのギャンブラーならかならず使う手を使った。

機能的だが味気ない艦内コンビネーションをハンザ船団の司令官の制服に着替えていた。それに《ツナミ＝コルドバ》の紋章はたしかにマークスには理解できないだろうし、価値も認めないだろう。しかし、それはべつにかまわない。

まともな反応をしめさない同盟者に、テラの伝統やしきたりを見せることが重要なのだ。ライトグリーンの外出用コンビネーションのほうがもっと見慣れているかもしれない。画像が古いメモリーにのこっているという可能性もある。

一時間前から《ツナミ＝コルドバ》の乗員は、不満げなアアロン・シルヴァーマンにいわせると〝歩きまわる英雄記念碑〟になっていた。

トスタンはそれにはかまわず、にやにやしてうなずきながらひとことつけくわえた。それはもうだれも知らない言葉だった。古いテラのことわざから引っぱりだして、多重テラビット記憶中枢にしっかりと定着させていたのだ。

「それをいうなら闘牛場の牛みたいだろう！」アアロン・シルヴァーマンの発言をトスタンは確認した。「心配はいらない。闘技場にいた闘争能力にすぐれた動物のことだ。とても派手に飾りたてている」

スキッパーの説明がしばしばまちがっていることはよく知っていたが、みな今回の説明は寛容にも信じた。しかし、彼が正しくピックアップして保存しておいた用語は正しかった。

このような調子でほぼ七百年遅れてやってきたツナミ艦は、ふたたびルックアウト・ステーションに向かったのだ。制動操作が非常に派手だったので、マークスがそのエネルギーの花火を見すごすことはけっしてなかっただろう。

第二の措置はマークスを驚いて飛びあがらせたにちがいない。トスタンは大胆にも巨大宇宙艦をとめて、コンヴァーター砲の射程距離のほんのわずか外で、ふたつのグラヴィトラフ貯蔵庫にエネルギーを注入したのだ。すぐそばで起こる吸引用漏斗のハイパーエネルギーの轟音は、水素呼吸者の探知装置を苦しめたにちがいない。いずれにしても、トスタンいわく、一石二鳥だったのだ。

まずハイパートロップ吸引ビームがハイパー空間に穴を開け、失ったエネルギー損失をふたたび埋めあわせたし、もう一方では、そこにいるマークスの科学者にどうやって駆動装置に燃料を補給するかを見せつけたのだ。

そのような意味のことをラトバー・トスタンは乗員に語った。

しかし、NGZ一一四三年四月一六日、二十時十六分、準備はなんの役にも立たなかったように見えた。

《ツナミ＝コルドバ》はかろうじて測定できる速度でゆっくりと宇宙駅に向かっており、駅の探知スクリーンにもきわめてはっきりとあらわれたはずだが、マークスはいまだに沈黙を守っていた。

かれらは異人の球型艦をむやみに攻撃してくることもなかった。前日にスタートしていた円盤状宇宙船はどれも姿を消していた。唯一新型のコンヴァーター砲を装備している二隻の船も発見することはもうできない。

状況はとても奇妙なことになっていた。

*

トスタンは注意深くまわりを見まわした。うしろやそばでは、一度でもテラナーを見たことがあるものならすぐにテラナーだとわかる男女が立っていた。ただムラク・トブロン・ハーンはギャンブラーと同様に成型シートにすわっていた。

艦のひろい司令室はしずかになっていた。ポージー・プースとシンタ・ラズロは、まださまざまな送信プログラムでなんとかマークスから返事をもらおうとしていた。

シンタはそれだけではなく、銀河系船団の悲劇的な歴史を映像で見せている。それにくわえたコメントは新クラーマク語とインターコスモだ。

もちろん、それほど遠くない故郷銀河で六百九十五年前に使われていたインターコスモだ。すでに変わっているかもしれない。しかし、いまはそんなことを気にしてはいられない。

通信機のモニターには相いかわらずなにもうつっていない。そのかわりに探知画像はすばらしい。ルックアウト・ステーションはとっくに通常の光速走査機がとらえていた。拡大画像への切り替えは、この宇宙の荷物積み替え所の細かいところをすべて白日のもとにさらしていた。トスタンは周囲を観察するのは終わりにして、しばらく自分の主制御コンソールをじっと見ていた。

ポージー・プースはまだルックアウト・ステーションの乗員になんとか生きているあかしを見せるように仕向けようとしていたが、それも成功しなかった。

トスタンは片手をあげて、かれの制御コンソールを指さした。ポージーはそのしぐさを理解し、切り替えた。浮遊マイクロフォンがトスタンの口の前に滑ってきた。ロドニナ・コスナトロワはスキッパーががまんの限界にきているのではないかと思った。こうなると、トスタンがふつうのテラナーには予測がつかないことをするのを、彼女は経験から知っていた。

「あなたの実際の権利とありもしない権利との特別な関係を考えて！」彼女は警告した。

「われわれは招かれざる客なの。それがほかのものの平穏を破壊しようとしているのよ」

「そうじゃない！」ラトバー・トスタンはしわがれ声でいった。「わたしはのどが渇いて死にそうなのに、ひとくちの水ももらえない自分を感じる。二四〇五年の平和・相互援助に関する条約の六条によれば、マークスはテラナーに多くの援助を提供することが義務づけられている。われわれはほんのすこし手がかりがほしいだけだ」

「まさにそれをわたしはおかしな関係と呼んでいるのよ」神経プシオン学者は自分の意見に固執した。

トスタンはロドニナ・コスナトロワを上から下まで眺めまわして、口笛を吹くかのように唇を尖らせようとしたが、できないのであきらめた。

「そのうちわかるわ！　わたしは問題提起をあきらめる気にならない。かれらはわれわれを恐れる必要はなにもないのよ。あなたの話がなにになるっていうの？」

トスタンはマイクロフォンに向いた。かれの声は普段どおり響いた。スキッパーはいつもの特務スペシャリストのラトバー・トスタンになっていた。

「テラ所属《ツナミ＝コルドバ》の艦長、ラトバー・トスタンからマークスの宇宙ステーション司令官グレク1へ。標準時間で三十分以内にわたしの通信スクリーン上であなたにお会いして、挨拶をしたい。会いたいのはあなただ。下位のものではない！　時間は過ぎていく。いますぐに返事を！」

トスタンはスイッチを切った。ロドニナ・コスナトロワは両手を白衣のポケットに突っこんだ。

「会いたいですって！」彼女はくりかえした。「それはまったくの強要じゃない。そもそもっといえば……その……」

「脅しだろう？」トスタンは窮地を救ってやった。「きみがいいたいのはそれか？　もしそうなら、むしろ〝はったり〟という言葉に置きかえるんだな！　きみの席はあっちだ！」

骸骨のような手が司令室の後方の透明な装甲壁を指した。その向こうに医療センターがある。

彼女は黙って立ち去った。

「緊急事態には極端な措置が必要だ」トスタンのかすれ声がシンタ・ラズロの耳にのこった。「この艦内ではどうやってギャラクティカムが成立したかをだれも知らない。噂話ですら聞いたことがないんだろう。これまでの通常の措置など無視しろ。われわれは情報を手に入れる必要がある。シントロニクス……」

シントロニクス結合体のシンボルマークがスクリーンにあらわれた。トスタンの指示がすばやい結果をしめしたのだ。

「戦闘態勢をととのえました。ZERO回路捕獲フィールドはアクティヴ。パラトロン・バリア構築完了。トランスフォーム砲のツイン砲塔の放射構造亀裂は準備完了。充電し、安全装置をかけました。値いはギガ4。実行命令を！」

アアロン・シルヴァーマンは一瞬で通り過ぎていく報告表示を見あげた。アリ・ベン・マフルの視線はスキッパーと友人のあいだをいったりきたりしている。

「わたしの勘ちがいかな、それともかれはもううんざりしているのだろうか？」アリはおさえた声で訊ねた。「その〝はったり〟にわたしは興味があるよ」

「それはきみにはけっしてわからないだろうな」アアロンは知ったかぶりの調子でいった。「きっと驚くぞ」

*

ルックアウト・ステーションは三秒前にミニチュア太陽のように放射をはじめていた。グレク1が再度敵意をしめし、ステーションの防護バリアを構築したのだ。

〝はったり〟がはじまったとき、テラの宇宙艦はルックアウト・ステーションから四十五光秒はなれていた。シンタ・ラズロのようなツナミ・スペシャリストでさえも見落としていた要因が、トスタンの背景意識にあらわれた。

新型コンヴァーター砲で武装した二隻の円盤型船が探知画像にあらわれないからといって、ほかの船といっしょに飛びたったということにはならないということだ。ルックアウト・ステーションの司令官だったら、戦闘能力の高い二隻をいずれにしても手もとにおいて、巨大な格納庫にかくしていただろう。たとえステーションが同様の新型砲をすでに装備していたとしてもだ。

防御バリアの突然の出現についてのアダム・ピッテンブルクの連絡に、そもそもだれも驚かなかった。マークスは直接の脅しに屈したり、話し合いで交渉をはじめようとは思っていないようだ。

「なぜだ？」ピッテンブルクは多くの乗員が口にしない考えを前面に押しだした。「おたがいに話しあえばいいじゃないか！　信じられないのは……」

シントロニクスが発した警笛はそれにつづく言葉をかき消した。通常のスクリーンはいつもの画像をうつしていた。ハイパー探知による表示だけがルックアウト・ステーションで起こっていることを時間のロスなくしめしていた。

マークスは正確に三十分後に戦火を開いた。今回は標的までの距離がかなりあったため、シントロニクス制御の防御は適切に反応するチャンスがあった。

高密度のパラトロン・フィールドラインでできたボウル型捕捉バリアは、マークスのコンヴァーター光線が到達する数ミリ秒前に立ちはだかった。四十五光秒をこえる射程距離は、到達距離強度からして、どちらにせよ遠くてとどかなかったのだが。

　戦闘艦本体のはるか先では、高エネルギードームの内側で不安定な凝集フィールドのエネルギーが荒れくるっていた。その崩壊時に一瞬、上位連続体が開いた。連続体は解放されたエネルギーを貪欲にとりいれる。

　第二の放電はほとんど同時に起こり、同様に吸いこまれた。《ツナミ＝コルドバ》は外から見るとただの非物質化に屈した物体だった。しかし、炎の洪水が引けば、すぐに変わるにちがいない。

　数秒後、艦は影響ゾーンを抜けていった。大音量の残響としだいに弱まる振動以外はなにも感じない。

「不安定なコンヴァーター・クラスターは回避しました」シントロニクスが知らせた。

「干渉ゾーンは乗りこえました。活性化準備」

　トスタンはすぐにゲームを開始した。成り行きはどうなるかまったくわからない。

　シントロニクスが計算しつくした攻撃命令を、トスタンはひそかな自信をもって発した。宇宙ステーションの損傷はだれの得にもならないだろう。

　トランスフォーム砲の非物質化の轟音とともにハイパー速度の探知エコーの画像がひらめいた。作用体は計算された距離で正確に高軸ハブ上で爆発した。白熱し燃えあがる人工太陽を目視できるようになるのに、また四十五秒ほどかかった。ハイパー・エコーのレリーフ画像は膨張の工程がすでにかなり進んでいたことを証明した。ルックアウト・ステーションの防御バリアは何キロメートルも長い舌のような炎でとりまかれていた。その向こうではげしい振動が起こっているにちがいない。マークスのコンヴァーター砲の反応とは逆に、テラのトランスフォーム放電は機械的に有効な非常に大きなエネルギーを持っていた。

数分後にルックアウト・ステーションは膨張したガスに完全につつまれていた。しかし、そのまばゆく白熱した中心はハブポールのはるか上にあった。

「マークスは本当に持ちこたえられるの？」シンタ・ラズロが叫んでいるのが聞こえた。

「トスタン、やりすぎなんじゃないの？」

トスタンは雷に打たれたように全周スクリーンをじっと見つめていた。

「いや！　ひどい衝撃波は受けるだろうが、ちゃんともちこたえる。はったりをきかせるなら、ぎりぎりまでやる必要がある。中途半端なブラッフは、マークスに見抜かれるに決まっているからな」

爆発で発生したガスが消えるまで、《ツナミ＝コルドバ》の艦内は不気味なほど沈黙が支配していた。赤黒い爆発のこり火がひろい空虚空間に消えていった。

宇宙駅はまた目視できるようになっていた。防御バリアが輝いている。この間、近づいてきていたテラの宇宙艦をもう一度砲撃しようとは、だれも考えていないようだ、とトスタンは考えていた。しかし、まだ成功とはいえない。

　シントロニクスはあらかじめ設定したプログラムの流れに沿って報告してきた。

「ルックアウト・ステーション上の干渉前線は消えました。双方からの通信がふたたび可能です。テキストつき画像をすぐに送り……修正！　マークスが連絡してきました！　司令室に切り替えます」

　トスタンは文字どおり跳びあがった。かれのどなり声をだれも聞いていなかったが、だれもがいまなにをしなければならないかを知っていた。トスタンが〝豪華な餌《えさ》〟と呼び、〝見本となるべく選ばれたテラナーたちはすでに持ち場に急いでいた。

　ロンベ・マッシモは最後にブリッジに到着した。あえぎながら両手をシートのひじかけについている。

「やってられないよ」マッシモの息ははずんでいた。黒い肌の顔には汗が流れ落ちていた。「もしグレク1が本当にあらわれたら、わたしはあきらめますよ……」マッシモは運がよかった。かれがなにをあきらめるかいう前にすべてのモニターが明るくなった。

「注意しろ、キュウ公！」トスタンの叫び声が響いた。「司令官がどこにいるか確認。すぐに保存データと照合。万一の食いちがいのために撮影するんだ」

ポージー・プースは四本のちいさな手で了解の合図をした。さまざまなモニターに見たことのない司令室の機械設備があらわれた。司令室は非常に大きく、いくつものセクターに分かれていて、ドーム天井になっている。

トスタンはこのような司令センターを見たことがある。ここの設備はどうやらこの数百年変わっていないらしい。

「照合はポジティヴです」ポージー・プースが報告した。「保存資料の図とは構造の食いちがいはありません。トランスレーターによる翻訳を実行中」

トスタンはマークスが自分と同じ撮影方法をとっていることに気づいた。録画装置は司令室の大部分をとらえ、カットとして大きく弧を描く司令コンソールをとらえている。うしろに何名かマークスが席をしめている。

一名はからだにぴったりとあった成型シートのそばに立っていた。背の高さは二メートル二十センチメートル、肩幅はほぼ一メートル五十センチメートルのどっしりとした体格の男は、グレイがかった青のコンビネーションを着ている。色はうろこでおおわれた頭とはすこしちがっていた。頭は鎌形で肩の端からもう一方にとどいている。

画像が拡大された。頭の細い稜線《りょうせん》上にあるグリーンの目の光が、この知性体に畏怖の念を感じる全体的印象を強調していた。見知らぬマークスは挨拶なのか、長い触手のような腕をあげた。トスタンは経験からその骨のない筋肉と腱の束にどのような力がひそんでいるかを知っていた。六本指の手のふたつのおや指は異様さを強調している。

その呼びかけてきたものは同じように席にすわった。すると異様に大きい目をもった巨大な頭だけがめだつ。幅のひろい咽頭《いんとう》のような口は頭と肩のあいだのしわだらけの場所にあって、動きはじめていた。

クラーマク語を話している。相手が理解できるのをきっと知っているのだ。これがだれかはもはや考える必要はない。相手は直接要件に入った。

「最後の島の司令官グレクだ。ハウリ船《ツナミ＝コルドバ》の司令官、ラトバー・トスタンというハウリ人に話がある。いくつかの行きちがいはあったが、それでもまだわたしの言葉の価値を認めていただけるのなら、返事をしてほしい」

送ったすべての情報がすでに自分がハウリ人ではないということをしめしているが、しばらくは依然としてハウリ人だと思われることを銀河ギャンブラーは予想していた。驚いたのはべつの言葉だった。グレク1はツナミ艦をハウリ人の宇宙船だと思っているのだ！

シンタ・ラズロは持ち前の反応の速さで、どのような考えちがいでこれまでの行動にいたったかを知った。

「なんてことなの！」彼女は興奮した。「かれはわれわれをハウリ人だと思っている！

どうやら、われわれ全員を」

トスタンはこのショックをすでに乗りこえていた。ためらいがちに送信に切り替える。

マークスがこちらを見て、声が聞こえていると確信すると、かれも挨拶を返した。

「ラトバー・トスタンからグレク1へ。友好の挨拶を申しあげる」かれははじめた。

「どのような考えちがいからあなたの船が攻撃してきたか、たったいまわかった。どうやらハウリ人をあなたの種族の敵だと考えているようですね？」

マークスは人間のようにほほえむことも皮肉な視線をおくることもできない。かすかにわかる上体の揺れが同じような感情をあらわしているのだろう。

「そのとおりだ！　ほかにどう考えろというのだ。いまだつくり話で自分たちの訪問を説明しようと思っているのではないか？　たわごとはもうやめて、訪問の本当の理由をいうつもりはないのか？　状況によっては、われわれ双方に満足のいく解決策を見つけることができるかもしれない」

トスタンは真剣に懸念しはじめた。マークスのもつ先入観を払拭するのは、そうかんたんではないようだ。とはいえ、高い知性を持っていそうなグレク1を真剣に向き合える交渉相手だと思った。

トスタンはすぐに戦略を変えた。この司令官が納得できる方法で真実と向きあうことが必要だ。力ずくでの〝はったり〟はどんなかたちであれふさわしくない。

「われわれの訪問についての説明は依然と同じです。あなたの理性と善意がその解決策に反映されるように願っています。わたしの司令室を見てほしい！　わたしのそばに立っている知性体を見てください。あなたのポジトロニクスの情報記憶バンクにテラナーの外見、その宇宙船のかたちを訊ねてほしいんです。テラとマークスのあいだで結ばれた平和・相互援助に関する条約について知っているハウリ人などいるかどうか、考えてみてください。われわれはテラナーです。あなたがたの助けをもとめてここにきました。われわれはペリー・ローダンという過去でもっとも高名な人物から、情報をもつ人物を探すよう依頼されたのです。どうかわたしのいっていることを理解していただきたい」

　グレク1は同様の声明を準備していたようだ。トスタンの発言を萌芽のうちに摘みとろうとしなかったのは、その知性のあらわれだ。それに論理的な主張には同じように論理的に答えるのが得策だと考えているらしい。

「最後の島とわたしの種族の古い記憶装置は、ハウリ人の数多くの攻撃で破壊された。だれも記憶装置に聞くことはできない。暗い過去でのテラナーとの約束に関するわたしの知識はかぎられている。それでもなお、わたしは酸素呼吸者の帝国とのとり決めのことを聞いたことがある。だが、きみのやり方はそれに合っていない！　遺憾ながら、どうやらハウリ人は忘れさられた情報にアクセスできるようになったらしいな。わたしはきみの仲間を見て、まさしくハウリ人だと確信した。突如出現する太陽の炎という伝説の武器を装備した宇宙船を捕獲したからといって、残念ながら祝辞はいえない。外交的な会話を損なうことだが、わたしの深い驚愕に免じて大目に見てほしい。わたしもあこがれる平和のもとで、あなたのためにできることはなんだ？」

トスタンはじっとスクリーンを見つめていた。眼孔の奥深くにやっと見える目が疲れきっている。この知的生物になんと答えればいいのだろう？　グレク1は真剣だった。それに疑いはない。根拠がないとあっさりかたづけてしまいそうな予想にも逃げこまなかった。自分の発言を強く確信していた！　もし古い記憶装置をもう持っていないなら、かれはさまざまないい伝えにたよるしかないのだから。

世代を超えた伝承がどの程度正しいかは、自分の経験から判断できる。かれがほぼ六百年の深い眠りから目をさましたあと、その時代のテラナーと話したとき、かれらは過去をすばらしいものとして想像していた。しかし、そうした伝承が正しかったのは、大枠だけだったのだ。

ギャンブラーは手で顔をぬぐった。かれの息遣いは病的に聞こえた。

「あなたはぐあいが悪そうだ」マークスはいった。「すまない。われわれの薬はあなたがたハウリ人には合わないのだ」

「いろんな手をつかうのですな、友よ！」トスタンは皮肉をこめていった。「あなたの受けた訓練はそれほど悪くない。たしかにわたしは病気だったし、いまも病気だ。あなたは映像からそれがわかる。たしかに、わたしは実際にハウリ人と似ている。しかし、なぜわたしとわたしの仲間とのちがいがわからないのでしょうか？　わたしの仲間はハウリ人のような外見ではないのに！」

「そもそもハウリ人はどんな外見だというのかね？」マークスは反撃した。「われわれはかれらを武器の照準器を通してしか見たことがない。細いからだ、二本の手、二本の脚、それに細い器官連結の上に置かれた頭、そこには前を見ているふたつの目しかない。ラトバー・トスタン、まさしくきみたちはそう見える！」

「望みなしだわ」シンタ・ラズロはささやいた。彼女は涙をこらえるのに苦労していた。

「かれらはわれわれを信じてない」

トスタンもまた自分の議論がむだだったことがわかった。グレク1はすべての立証にまさに逆のものを見つけた。そして、その論拠がまちがっていないことも、テラナーは認めざるをえなかった。かれの立場からすれば、そのマークスはまったく正しかったのだ。かれが伝説の太陽の炎の武器への恐れに意識下で支配されていたことを考慮すればなおさらだ。

トスタンは《ツナミ＝コルドバ》のトランスフォーム砲に関して、それとない言及をあえてしてみた。

「ご覧のとおり、われわれはあなたの宇宙船も、テラナーがルックアウト・ステーションと呼んでいる最後の島も、本格的には攻撃していません。すべてを破壊することに忠誠を誓っているほんもののハウリ人が、あなたたちに太陽の炎の一端を感じさせただけですますでしょうか。このことから、わたしの平和の意図を納得していただけないでしょうか？　わたしがあなたにもとめているのは、過去七世紀の出来ごとに関する可能なかぎりのすべての資料です。そこにあることはわかっているんです！　わたし自身、ポジトロニクスの情報記憶バンクがなくても、自分の種族の歴史はおぼえていますからね」

「それはすばらしい。われわれは残念ながら、数えられない矛盾をともなった混乱した情報の影響下にある。ほぼ七百年前、星の島々が揺れはじめたとき、生きのこりをかけた戦いばかりが記憶に残っている。だから、それらは非常に矛盾したものなのだ。きみがそれでも……」

かれは中断した。トスタンは四つの目の半円形の細長い瞳孔《どうこう》が開くのを見た。

「ええ、それで？」テラナーは支援した。グレク1はとまどいながらつづけた。どうやら自分のいっていることにそれほど自信がないようだ。

「それでも、あなたが平和を望む気持ちを実行にうつし、攻撃をやめるつもりがあるなら、わたしはわれわれの持つすべての情報をきみによろこんであたえる準備がある」

トスタンはほほえみを無理に浮かべた。それは醜かったが、マークスにどう見えているかはわからない。

「武器はもう使いません、友よ。使いはしましたが非常に不本意でした。われわれはおたがいにどう向き合うべきか知る必要がありますね」

「わたしもとてもうれしい。すくなくともハウリ人の種族のほんの一部とはいえ、分別をとりもどしつつあることを仲間に報告できるのだから。わたしはあなたにすべての知識、そして保存された伝説の語り手についてのすべての情報を転送しよう。わが科学者たち、グレク１１そしてグレク１１３４はすべての新しくつくりあげた保存データとそれに属するコメントを呼び出し、転送のために用意するはず」

トスタンは自分ではほほえみだと思っていた表情をかえた。はじめて不機嫌な顔になり、撮影機器のほうにかがんだ。

「申しわけない、もう一度いってくれますか？　転送する？　友よ。わたしがあなたをそう呼ぶのを許してほしい。わたしは個人的にあなたのところへ行きたいんです！　もちろんわたしの艦は宇宙空間にとどまります。あなたのプラットフォームへの着陸許可など要求しません。二名の科学者のテラナーを連れていこうとおもっています」

マークスの態度はすぐにまた事務的になった。歩みよりの限界に到達したようだ。

アアロン・シルヴァーマンは口をおさえて咳をこらえた。トスタンは形相を変えた。

驚いたことにグレク１はこの要求をつっけんどんに拒否した。

たった三人のいわゆるハウリ人が、すくなくとも五千名のマークスが占拠する巨大ステーションを占領することなどできない。そうグレク1に指摘するのはあきらめた。グレク1にとって、かれの島にひとりでもハウリ人がいるのを想像するのは、考えられないほど恐ろしいことなのだろう。

　シンタ・ラズロも驚いて顔をあげた。銀河ギャンブラーが急に譲歩したからだ。かれはあきらめたのだろうか？　「わかりました」トスタンはいった。「いつか、きっとわれわれは古いテラのしきたりにしたがって握手をかわすことになるでしょう。まずはわたしの平和の意志を証明したい。いまから転送をたのんでもいいでしょうか？　われわれはそのあと撤退し、あなたの資料の助けを借りて、われわれの故郷銀河を見つける道を探します。われわれはそれを天の川銀河と呼んでいます」

「その言葉は聞いたことがある」グレク1はほっとしたようだ。「気をつけたほうがいい！　あなたは破滅へと向かうことになるぞ。だれももどってこなかったのだ。われわれはその星の島への言及は猥褻《わいせつ》なものだと思っていて、闇の権力がそこを支配しているといわれている。ちょっと待ってほしい。転送準備中だ。また連絡する」

　グレク1はスイッチを切った。巨大なモニター画面は暗くなった。

「猥褻なものだそうだ！」トスタンはその言葉をくり返した。「故郷銀河が大騒ぎになっているのを、この言葉以上に強くは表現できないだろうな。それで？　われわれはこれからどうする？」

かれはわきにからだを曲げて、副艦長の肩のあたりを指でたたいた。「すべてのモンゴル人の偉大なハーンは、なにを提案するのだ？」

ムラク・トブロン・ハーンは顔にトスタンの息がかかるのを感じた。

「資料が転送されるのを待って、グレク１がやっぱりわれわれが攻撃してくるんじゃないかと考えないうちに姿を消しましょう。グレク１は自分たちがトランスフォーム砲から身を守れないことを知っています。さもなければ、けっして自分から連絡してこなかったはず。ほしいのはデータだけだ。それ以上をそもそもわれわれは望んでいない。これ以上ここにいて、なにをするんです？」

アダム・ピッテンブルクは相槌《あいづち》を打った。ロンベ・マッシモはトスタンの反応を目で追っていた。ギャンブラーはしばらく興味深げにまわりを見まわしていた。

「それだけか？　だれももっといい思いつきはないのか？　ない？　わかった、じゃあもうすこし先に飛ぼう」

「もうすこしですって？」ロドニナ・コスナトロワの声が背後から聞こえた。また自分の操縦ステーションをはなれている。

「ああ、またか！」テラナーは訴えた。「ようこそ、人類の女性の祖。なにかケチをつけるつもりですか？」

「ええ、そのすこし先とかいうこと！」彼女は頑固にくりかえした。「あなたの奇妙な脳内にはきっとまた危険な筋書きが進行しているんでしょう。なにを考えているの？」

トスタンはにやりとして、からだを前に乗りだし、成型シートから立ちあがった。

「ムラク・トブロン・ハーン、われわれは加速度三百で出発する。それはマークスの探知では申しぶんなく見えるだろう！　もしわれわれがこのアインシュタイン空間から姿を消したら、それは超光速航行に入ったように見えるにちがいない。シントロニクスと話をして、完全に典型的なハイパー衝撃波をいっしょに用意してくれ。本当に見本になるようなやつだぞ！　実際にはわれわれは一秒未来に行く。そこで航行はすぐにまた一時中止する。なんのためにわれわれはツナミ級の戦闘艦を持っているのだ？　キュウ公、データがとどいて保存が終わったらわたしを起こしてくれないか？」

トスタンは小柄な神経プシオン学者をわきにどけて、彼女にほほえみかけ、男性用ハッチにとぼとぼと歩いていった。

「それだけ？」ロドニナは憤慨した。「あなたはほかの存在平面でなにをするつもりなの？」

トスタンは振りかえった。片足はすでにハッチのなかだった。

「気づかれずにもどるためさ、わが最高の女性よ！　それともあの尊敬すべきグレク1をそうかんたんに逃がすと思ったのか？　それはない」かれは両手をあげて彼女の早口のおしゃべりをとめた。「わたしは本当にかれを傷つけたくないんだ！　そうなると、問題はどちらが多く痛みをこうむるかということになる。あの水素呼吸者はなんといっても慣れた環境にいる」

「詐欺師！」彼女は強い確信に満ちた低い声でいった。「わたしは気づいていたのよ。あなたの撤退は早すぎたのよ」

「がまんをしいられてるハイパーディム物理学者ですが、ちょっとひとことといっていいですか？」ロンベ・マッシモの低い声が響いた。かれは本当に怒っているようだった。

「あなたの艦内クリニックでもうすぐ二十人の男性が餓死しそうですよ。たぶん、たしかめればわかるでしょう」

トスタンは裏返った声で笑った。ロドニナ・コスナトロワは一部の人々の神経を逆なでしているようだった。

「おしゃべり！」銀髪のテラの女性は罵《ののし》った。「あなたが餓死すればいいのよ。それじゃあ、あなたたちはどうしようと思っているの？」

ムラク・トブロン・ハーンはこのいいあいを終わらせた。大きな声でシントロニクス結合体に状況分析を要求したのだ。

トスタンは順番に、多かれすくなかれ疑問を持っている顔を見た。結局かれは皮肉をこめていった。

「第一級の訓練を受けたツナミ・スペシャリストでも聞きのがすことがあると思ったほうがいいということか。われわれはルックアウト・ステーションにいるだれかを迎えにいく。それだけだ」

「だれを？」ロンベ・マッシモはとっさにいった。唖然としてスキッパーを見ている。

「保存された伝説の語り手だよ、決まってるだろう！ おそらく、手に入れた詳細な情報を手がかりに、だれかがそれがなにを意味するかつきとめるかもしれない。さあ、もう眠るからな、それでは」

かれは手を振って、ハッチから出ていった。

マッシモは自分の操縦席にもどった。途中シンタ・ラズロのそばを通った。そのときにこの巨人はぶつぶついった。

「なぜかれが気づいて、われわれは気づかなかったんだろう？ たしかにその言葉はグレク1がいっていたものだ。なのにわたしは、無意識のうちに頭のすみに置いてしまった。それがどんな情報なのか、調べてみないか」

「できれば、なにかその語り手について知りたいわ」彼女はゆっくりとうなずいた。

「わたしはなんとなくハミラー・チューブのようなものを想像する」

「古いテラの製造技術でつくられた保存用肉の缶詰かもしれないぞ」

シンタ・ラズロは自分のステーションに行って、もう一度ハイパーカムでマークスと連絡をとろうとした。グレク2と名乗るマークスはトスタンとの合意を理由に拒否した。

二時間後、NGZ一一四三年四月一七日、艦内時間で〇時三十四分、《ツナミ＝コルドバ》のアンテナが約束の情報をとらえた。

早速はじまった評価はがっかりするものだった。マークスたちはハンガイ銀河の第四クオーターが通常宇宙に転移したさいのカタストロフィについて大まかに報告していた。ハイパーエネルギー過多の現象や既存の秩序の崩壊は、数十年にわたって頻繁に発生していた。ハンガイ種族のあいだで生きのこるための戦いが起こったのだ。その戦いは政治的、軍事的不確実性が進むにつれてますますエスカレートした。局部銀河群のなかのあちこちで戦争や権力闘争が勃発した。原因はだれにもわからなかった。

古い組織は崩壊した。あらたな組織ができても、その直後にまた争いが起きて、ふたたび消滅した。マークスはハウリ艦隊に攻撃され、深刻な損害を被るまでは、テラとの同盟を堅持した。

天の川銀河ではあらゆる種類の戦闘が激化していたため、マークスはアンドロメダ銀河に引きこもった。ルックアウトとミッドウェイのふたつの宇宙駅は、テラナーの故郷銀河への最後の橋頭堡《きょうとうほ》だったが、結局、ミッドウェイ・ステーションも破壊された。連絡は最終的にとぎれ、マークスは孤立した。

理解不能の出来ごとの興奮の波がおさまってしばらくしてからやっと、マークスは慎重にマゼラン星雲とコンタクトをとった。天の川銀河にはもはや行くことができなかった。星の島でなにが起こったのか、だれにもわからない。マゼラン星雲のグラドたちも、自分たちのすぐ近くで起こったことなのに、情報を持っていなかった。自分たちのことでいそがしかったのだ。

《ツナミ＝コルドバ》の科学者たちにはとくに目新しい情報はなかった。かれらは転送された画像報告でさまざまな大きさの艦隊を見た。ハンガイ銀河といっしょに到着した種族はその例外的な地位のせいもあり、格別に活動的だった。ハウリ人はどうやら古い信仰と関係を断ったらしいべつのハウリ人とはげしく衝突していた。

強大なカルタン艦隊もまた分裂し、これまで見たことがない宇宙空間を駆け抜けた。そこで想像を絶する出来ごとがつぎつぎと起こった。

数時間後、分析に取り組んだ乗員たちは疲れ果ててあきらめた。大量のデータと、活用できない成果がのこった。

しかし、たしかな事実がひとつあった。ペリー・ローダンの名前とその重要性は多くの宇宙航行種族の歴史のなかで、本当の神話になっていたのだ。ただ、マークスの資料では、この偉大なテラナーのことにはほとんど触れられていない。過去の出来ごとは改《かい》竄《ざん》され、漠然としか言及されていなかった。ローダンの帰還についてはどこにも語られていない。

　拒絶的なマークスたちの反応が、突然、さほど不思議なものではなくなっていた。

ラトバー・トスタンは、艦内時間の午前八時ごろあらわれた。探るような視線で何人もの徹夜をしてひどく疲れた顔を見てから、司令官席に行った。かれは分析の結果さえ聞かなかった。マークスの司令官の説明で充分推測できていたからだ。多くのことがわかったが、肝心なことはなにもわからなかったということだ！

「航行準備」トスタンの声が通話システムから響いた。「約束を守るとすれば、われわれはいますぐ出発する必要がある。シンタ、わたしにかわって情報提供のお礼の言葉をマークスに送ってくれ。わたしは病気になったといってくれ。きっと信じるだろう。ムラク、計画どおり航行をはじめてくれ。きみたちは超光速航行時に発生する典型的なハイパー衝撃波を偽造できるか？」

　ムラク・トブロン・ハーンはただうなずいた。すべて準備している。

「いいだろう、それならやってみよう。もうあと一時間、目を開いているんだ。ＡＴＧで一秒先の未来に移行したあとは、すぐに航行をやめて、食事をし、眠る。それは全員同じだ。ブリッジの当直要員はふたりに減らす。わたしはそのひとりになる。さあ、出発だ！」

　トスタンの手は想像上の方向を指していた。巨大宇宙艦は航行を開始し、宇宙の暗闇に高加速度で消えた。めざす方向には故郷銀河が輝いている。

数分後、球型艦はハイパー空間に入ったように見えた。ルックアウト・ステーションでは即座に位置が特定され、検出されたハイパー衝撃波がそれを証明した！　自国の超兵器と巧妙な外交テクニックによって、恐るべき攻撃を未然にふせぐことができたのだ。

どうやらハンガイ銀河の侵略者であるハウリ人は、昔ほど狂暴ではなくなったようだ。

7

ユーリ・カッチェンコはTSSと呼ばれるツナミ・スペシャル・セランの制御インジケータを調べた。この高性能の戦闘服のマイクロシントロン、略称ピコシンでは、ヘルメットの内側のモニター画面で平面図が見られる。大容量の艦載メモリーからTSSのマイクロ化されたシントロニクスに転送されるのだ。

四名のテラナーと一名のスヴォーン人はグレク1がいっていた保存された伝説の語り手を見つけようとしていた。その決断にはリスクがあり、ほとんど望みはないだけでなく、すべての乗員の内なる絶望のあらわれでもあった。

自分のような男は首まで水につかっているような状況でなければ、こんな大胆なくわだてに巻きこまれることはけっしてなかっただろう。そうラトバー・トスタンは皮肉をこめていっていた。

トスタンは開いているハッチのすみに立って、そとの空虚な暗闇をのぞいていた。左右にアリ・ベン・マフルとアアロン・シルヴァーマンが真空のキャビンの手すりにつかまって立っている。

ポージー・プースはしっかりとハッチの縁にしがみつき、同じようにそとのようすをすこしでも見ようとしていた。ユーリ・カッチェンコはほぼ四十センチメートルの背丈のスヴォーン人を見おろしていた。

ポージーはみずから志願して参加していた。きっと力になれるといいはったのだ。マークスの制御装置を熟知しているらしい。

トスタンは前かがみになっていたからだを起こして、仲間のほうを振りかえった。もと自由狩人のカッチェンコは、鼻のつけ根のあたりまできている装甲ガラスの向こうに、死人のようなトスタンの顔を見つけた。そのヘルメットのタイプは額の部分をできるだけ大きくスクリーンに使うため、ほかのデザインにくらべて視認性が低かった。

頭上では主干満システム電流変換器が轟音をあげていた。

パラ結合システムはエネルギー流をアンティテンポラル整流コンヴァーターに導く。十七時間前にはツナミ戦闘艦を一秒先の相対未来へと連れていった。

コンヴァーターに保護されたまま、艦は無事にもどってきた。いま、一一四三年四月十七日、艦内時間十八時四十分。巨大な球型艦は軸ハブの上三分の一のところにいるはずだ。そこにステーションの主制御センターがある。近くには主要な乗員のための住居とラウンジがリング状にかこむようにならんでいる。

「艦を調整、航行速度をルックアウト・ステーションの最小ドリフトに合わせた」ムラク・トブロン・ハーンの声がヘルメットスピーカーから響いた。「われわれはハブのエアロックのハッチを残存時間探知器に正確に合わせた。よく見えないが、きみたちはまさにその場所の前にいる。再突入のＡＴＧ準備完了」

トスタンはすぐに確認した。残存時間探知器の画像が劣悪なことは有名だった。それでもテンポラル・ロック転送のおかげでリアルタイムで細い円錐形が見える。

ムラクはそれ以上の報告をあきらめた。賛否はすでに論じつくされていたから。

三名のテラナーはＴＳＳの留め具に切れにくい安全ロープをひっかけた。ポージー・プースは特別につくられた専用ケースのなかに引っこんだ。トスタンがそれをコンビネーションの幅のひろいベルトにつける。それから、しっかりと安全ベルトをしめた。

ピコシン五台が出動準備完了を伝える。

トスタンは艦内通信をマイクロカムに切り替えた。耳のうしろにつけるちいさな装置はピコシンが制御している。盗聴防止周波数エリアでの会話ができる。

男たちの顔が開けっぱなしになっているエアロックに向いた。アリは大きく咳ばらいした。トスタンのそれとはまったく意味が異なるのだが。

かれらはこれまでに何度も、さまざまな宇宙船のエアロックを抜けて船をはなれた経験がある。しかしこれまでの船は、ほんの一瞬だけ未来からあらわれて、リスクの大きな乱暴な動きで、すぐにまた未来に消えていくという船ではなかった。

これを実践したことのあるツナミ・スペシャリストは、みなそれを〝ハブ操縦〟と呼ぶ。そのさいにどれほど恐ろしい事故が起こったか、アリ・ベン・マフルはずっとあとになってから聞いた。トスタンはそれに対する非難に、自分の《ツナミ＝コルドバ》はそうした事態に対処する準備もしているとだけいった。

アリ・ベン・マフルはトスタンの背嚢《はいのう》に近づこうとしていた。〇・三Gを超える質量のため、複雑な構造が選ばれていた。それを使うには人工的につくられた反重力フィールドが必要だった。

ルックアウト・ステーションでの人工的な重力は二・九Gだったので、探知器に内蔵された反重力フィールドをどっちみち構築する必要があった。その助けなしでは、テラナーはだれひとり一歩も歩くことができなかっただろう。

有毒な大気と人間にとっては耐えられない暑さが、それに対応した装備を要求した。通常の生命維持システムはもはや役に立たなかった。

特殊コマンドの通常の作戦では、おもに小型搭載艇が使われた。しかし、その投入は今回は不可能だった。スペース＝ジェットではステーションに気づかれずに入りこめない。トスタンが計画した条件下ではなおさらだ。

エアロックの赤い光がまばゆく輝く白いランプに変わった。〝ハブ操縦〟は目前に迫っていた。

トスタンはマイクロカムを通じて連絡した。

「怖いものしらずのものにとって、艦を跳びだす最後のチャンスだ！　これは正直にいっている。正常な恐怖をともなわない盲目的な勇気は破滅を招くからな。艦を跳びだすのはだれだ……？」

だれもひとこともしゃべらなかった。制御ランプが点滅をはじめた。

「現在時間に復帰しだいただちに出発せよ」ムラク・トブロン・ハーンの声がふたたび聞こえた。「幸運を祈る。なにがあっても伝説の語り手を連れてきてくれ。語り手がコルヴェット艦よりも大きかったら、運ぶのはむずかしいだろうがな。MOK飛翔体は発射準備完了。MOKはきみたちといっしょにいく。シントロニクス、カウントダウンを」

なにも感じなかった。潜在的な次元での時間操作は、肉体的な反応を引き起こさないのだ。そのかわりにトスタンは、突然燃えあがった光の洪水に目がくらんだ。ルックアウト・ステーションは明るく光り輝いている。鋼鉄製の堂々たる建物は、空虚空間の漆黒のなかで、小型の恒星のように見えた。

そのまぶしさで目の痛みを訴える仲間のうめきが聞こえる。しかし、それに声をかけている時間はなかった。

《ツナミ＝コルドバ》は計画どおりに現在時間の存在平面にあらわれた。その瞬間にエアロックの発射プロジェクターが働き、エアロックの中身をそとへ送りだした。アアロン・シルヴァーマンの背嚢にユーリ・カッチェンコがぶつかってきた。バイザーの前には耐圧ブーツをはいた二本の足があらわれた。かれらはぼんやりと見える八つのものに触れそうになった。それは突進するＭＯＫ飛翔体だった。宇宙ステーションの壁にあらかじめ決められた標的を見つけたようだ。トスタンそれを生命保険だと説明していた。

あたり一面、光の洪水だった。男たちにとってはまるでそれらの光が自分たちに手を伸ばしてくるように感じられたが、それは錯覚だった。実際は完全な暗闇のなかにいて、巨大なものに向かって追いたてられているだけだ。その建造物は鉄壁のように目の前にそびえていた。

ピコシンが働き、制御している装置がテラナーの飛行状態を安定させるまでの時間は、永遠かと思うほどだった。《ツナミ＝コルドバ》の巨体はふたたび消えていた。エアロックからの離脱は一秒以内に成功した。

〈まるで未来からきた盗賊だな〉アアロン・シルヴァーマンは思わず考えた。そして、妙にいやな気分になった。ラトバー・トスタンの見方はちがっていた。かれにとってはこれまでの多くのミッションと同じだ。ただ今回は自分たちの時間を失った多くの人間の、これからの生存がかかっているのだ。

ＴＳＳのピコシンが警告を発した。待っていたものだ。

「ハイパー衝撃波が探知されました！」ピコシンは音声で伝えた。「マークスに探知され、ステーションが戦闘準備に入ります。高推進力、開始」

アアロン・シルヴァーマンは前につんのめるような感じがした。《ツナミ＝コルドバ》は中央の塔建物からわずか一キロメートルほどはなれたところに物質化したのだ。かれらは巨大なまるいプラットフォームの上に浮遊していることになる。プラットフォームはそれぞれが直径三十五キロメートルで、円盤の厚さは八キロメートル。三つのセクターはその薄い側が中央ハブと接触していた。上から見ると二等辺三角形だ。

この状況でハイパー探知は避けることができない。問題はぼんやりとした影のようなものの一瞬の登場をどのように判断するかである。

トスタンは〝もし〟とか〝しかし〟などということを気にしなかった。ステーションの主導的知性体のなかで意見の食いちがいが起こるだろう。しかし、テラナーはその食いちがいを利用しつくすつもりだった。成り行きはしかし非常に不可思議なものになっていた。

目の前に軸ハブの鋼の壁がそびえたっていた。大音響が通信のじゃまをする。まばゆい光の現象は通常の光を何倍もこえていた。

背後とはるか上空を、エネルギーの洪水が虚空に向かってはしる。ルックアウト・ステーションのポジトロニクスは自動的に防御バリアを構築していた。かれらにとって、ハイパー衝撃波は明らかな警報信号だったのだ。

「気をつけろ！」マイクロカムからトスタンの声が響く。「われわれの前の砲門が開く。できるだけ早くそのなかに飛びこめ。それでひとまずは完了だ」

カッチェンコは安全ロープをクイックリリースした。いまとなってはじゃまなだけだ。外の人工照明放射器の不快な明るさのなか、青光りする鋼に隙間が見えた。数ある砲台のひとつだった。ちょうど住居テラスの高さにある。トスタンはほぼ確信していたのだ、警報が鳴れば砲門は開くだろうと。その予想はまた当たった！

通常の人員用エアロックを使うのは不可能だったろう。たしかに開けられたかもしれない。しかし、早期に発見されるのは避けられなかったはず。砲塔から入ることを思いつくのは、銀河ギャンブラーくらいだろう。

トスタンは五メートルをこえる高さの隙間を水平の飛行姿勢で抜けた。アリ、アアロン、そしてカッチェンコがそれにつづく。ピコシンはTSSをきわめて正確に操作した。

突然、暗闇が襲ってきた。酷使した目がモニターの赤外線画像に慣れるまでにしばらくかかった。ようやく、真空の砲台の内部がよりはっきりと見えるようになった。

「手動制御はするな！」トスタンはあわてて警告した。「われわれは高エネルギー誘導体にかこまれている。ピコシンが指定した場所で立ちどまれ。十センチメートルでも動けば電流発生装置がきみたちを襲う。おちつくんだ」

だれかが呪いの言葉を吐くのが聞こえた。当然ながら、火の気のない砲台は生物の滞在場所として想定されていない。四名の直立した人間がしばらくのあいだ安全にとどまれるわずかな場所をコンヴァーター・ドームのなかに見つけるのは、物理的に難しい問題だった。場所についての正確な知識なしでは不可能だっただろう。

十分だ。トスタンはいっていた。マークスの習慣では、十分たてば警報は誤報になる。

アアロン・シルヴァーマンは目に汗が入るのを感じた。ヘルメット換気が作動した。顔の上をおおまかに吸引器がはしる。それでも、汗が目に入り痛い。

十分が何時間にも感じられる。コンヴァーター砲の巨大なビーム放射部の前で、防御スクリーンが輝いていた。

それが急に消えると、ピコシンがヘルメットの内部ミニスクリーンを新しい位置状況画像に切り替える。砲台の一部が画像で見えるようになった。カラーシンボルが決まった場所をしめしている。永遠と思えた待機時間の十分は過ぎさったようだった。

武器ドームのふたつの装甲壁がスライドして閉まり、気密性がたもたれる。音が聞こえなくなった。次の重要な段階がはじまっていたのだ。

高電流導体のパイプ・フィールドも消えた。自動防御装置はぜんぶ解除された。

トスタンはすでに前に歩みでていた。メンテナンス用エアロックの内部ハッチは規定どおり開いていた。砲塔の奥にある装甲壁にかこまれた緊急制御ステーションの一部だ。

ユーリ・カッチェンコがまだ真空のままのせまいエアロックに最後に滑りこむとすぐに、ハッチがしまった。そして空調機が動きだした。砲台そのものは常に真空状態だった。

「正直いって！」アリ・ベン・マフルの声が深いため息とともにマイクロカムから聞こえた。「偉大なるマンモン、こんなにふるえたのははじめてですよ」

「あてにならないカジノの神を巻きこまないでくれ！」スキッパーは叱責した。「その神はここでは使えないぞ。キュウ公、きみの仕事をはじめてくれ！　まだマークスはわれわれの存在に気づいていない。そうでなければ、われわれはとっくに捕まっていただろう。さあ、はじめるんだ」

換気は終わっていた。しかし、ステーション内部につづく装甲ハッチはしまったままだ。室内のスイッチを押せば開いたのかもしれない。しかし、監視センターからのメッセージなしには開かなかった。通常の旅客・貨物のハッチの洗練された制御機構とは反対に、ここの安全装置は原始的だったのだ。この道を選んだもうひとつの理由だった。

ポージー・プースはかれのマイクロ工具で作業をはじめた。五分たらずで開閉装置をてなずけ、ハッチはちいさな音を立てて外に開いた。緑の光がエアロックに入ってきた。

トスタンは銃口が光るパラライザーを手に、マークスの肩幅に合わせて設置した開口部に立った。幅広い通廊のなかに生物は見えない。

予想どおりだった。乗員の大半はプラットフォームのエリアにいるのだ。そこには荷積み施設とドックが設置されている。ハブ塔の内部では、乗員はほとんど必要とされないのだ。

トスタンは自分のＴＳＳの運転表示を調べた。外気温は摂氏八十度、マークスにあわせてあるのだから仕方がない。かれらが吐き出すアンモニアはそもそもより低い気温で液化する。

人工的な重力は二・九Ｇ。それも驚くには当たらない。防御措置なしで行動する人間には完全に死を意味する環境だった。

「わかった」ギャンブラーは伝えた。「対探知バリアはこれまでのところ機能している。いずれにしても、われわれは兵器ドームの直接の干渉波のなかにいる。ユーリ、きみはロボットがあらわれたらその面倒を見てくれ。いつあらわれるかは予想がつかない。生物はいざとなったら麻痺させる。グレク１が司令官の特権を主張し、自分のプライヴェート・エリアにもどっていることを期待しよう。かれは無理やり起こされたはずだ。ルックアウト・ステーションの静かな夜は、二時間前にぴーぴー音で吹っ飛ばされたからな」

「だといいですね！」カッチェンコが言葉すくなく口をはさんだ。「ぴーぴー音？」

「管楽器が奏でる非常に甲高い騒音だよ。われわれの資料によれば、いまは睡眠時間にちがいない。でなければ、われわれはそれに気づくはずだ。計画どおりに進めるぞ！　ポージーは先行して探知だ。個体インパルスに注意しろよ。マークスはかなり大量にだすからな。われわれのターゲットはグレク1だ、ほかのだれでもない！　大ボスを捕まえるのに、取るに足りないマークスに手をだす必要はない！」

　ポージー・プースは軽くほほえんで、飛翔装置のスイッチを入れるとその場を去った。スヴォーン人は目の前の幅十メートルの通廊をすばやく抜けていく。

　ここまでの計画は成功だった。ステーションへの侵入は模範的な計画の成果だった。もうあとはルックアウト・ステーションの司令官しだいなのだ。

　グレク1をめだたないように制圧し、警報が作動するまで、できるだけ長く尋問する必要がある。ただし、このふたつの要素はグレク1のプライヴェート・エリア以外では実行不可能だ。マークスがうようよしている司令センターのようなところでは無理だろう。

　これからさまざまな思いもよらないことが起こることは予想できる。トスタンの長い人生で、チャンスは常に重要な役割を果たしていた。

　トスタンは電光石火の即興で、予測不可能な事態に立ち向かう準備ができていた。

8

グレク1は優秀な外交官であるだけではなく、自分の利益を守ることを知っている生物だった。

そのマークスは武器での脅しに屈するつもりはないようだった。

かれは眠っていなかった。自分用のポジトロニクスのコンソールにすわっていたのだ。

四人のテラナーと一名のスヴォーン人は、今回のような出動では考えられない状況に突然向きあうはめになった。

問題はグレク1を麻痺させられないということだ。動いてもらわなければ困るので、何時間も活動を停止させるわけにはいかなかった。

ラトバー・トスタンはすでに千五百年前にはめずらしいものとなり、部分的にさえ忘れられていた武器の起動ボタンを押した。それはペリー・ローダンが第三勢力時代に想像を絶する成功をおさめたアルコン人のサイコ放射器だった。

銀色の棒のようなその武器は、ロナルド・テケナーの歴史的用具の膨大なコレクションのひとつだった。問題なく使えるだろう。そうはいわれていたが、この瞬間にトスタンはこの証言を疑いはじめていた。

作業中で突然のことに驚きながらも、グレク1は依然として身を守っている。ユーリ・カッチェンコは人間にはない形状の腕の一本をつかんでいた。このマークスが護身用の武器を使用するのを阻止できればという思いからだ。

トスタンはまた射った。グレク1はカッチェンコをつきまとううっとうしい虫のようにはらいのけた。マークスはコンビネーションのベルトにぶらさげてあるパラライザーに手を伸ばした。アアロン・シルヴァーマンは発砲準備のできているパラライザーを手に立っていた。その指は幅広い引き金の上にあった。

「待て！」トスタンの指示がマイクロカムのなかで響いた。「効きはじめた」

実際に水素呼吸者の動きは緩慢になっていた。鎌型頭の稜線部分にある四つの大きな目は力を失っていた。ほぼ二メートル二十センチメートルの巨人は、疲れ果てた生き物のようにテラナーの前に立っていた。力強い両腕はまだあげていたが、ただじっとトスタンの息遣いに耳をかたむけているように見えた。

TSSのトランスレーターのスイッチを入れると、大音量でなんとか聞きとれる声がした。そうでなければ、マークスがなにをいっているかわからなかっただろう。

ずっとうしろでカッチェンコは起きあがろうとしていた。ついた悪態にはちゃんと理由があったようだ。グレク1はハンターを振りはらったのではなく、突きとばしたのだ。アリ・ベン・マフルは不格好な耐圧服に難儀しながらも、あわてて仲間のところへ行った。この巨大な重力のもとでは、いつもどおりに動くことはかんたんではない。それは反重力フィールドにスイッチをいれてもなにも変わらない。たしかに負荷は軽減されるが、からだのそれぞれの部位にぴったり合わせて調整してあるわけではないからだ。トスタンはもう一度サイコ放射器のパルス・スイッチを作動させた。ヒュプノ効果は強まるはずだ。

グレク1に話しかけようとしたとき、うしろでパラライザーが発射されたのに気づいた。アアロン・シルヴァーマンが高強度に設定したパラライザーで発砲していた。もう一名のマークスがわきのハッチから思いがけずあらわれたのだ。むかってくる途中でかたまって、横転して床にはげしく倒れこんだ。

トスタンはいつものおちつきでこの不意の出来ごとに対応した。ただちに命令をくだす。

「隣室を徹底的に探せ、急げ！　キュウ公、監視装置を調べろ。作動していたのか？」

ポージー・プースは答えをためらった。確信がなかったのだ。前方でカッチェンコが立ちあがった。そして、グレク1はついにサイコ放射器の犠牲となった。

アアロン・シルヴァーマンとアリ・ベン・マフルは隣接する部屋に姿を消した。そこにはもうだれもいない。一体の奇妙なかたちをしたサービスロボットがいたが、危険ではなかった。

トスタンはひろくゆったりとした椅子にすわっていた。重い背嚢の底の部分はクッションの上に置いている。死者のような男は自分が思っているより疲れているらしい。ポージー・プースは心配でしかたなくなっていた。

「もっと出力をあげたエネルギーで射てばよかったんですよ」スヴォーン人は不満を声にした。「かれはあなたをまったくもって殺していたかもしれないんですから」

「わたしがかれを、かもしれないぞ」スキッパーは痙攣《けいれん》のような咳をした。「古いアルコンの放射器は効きめがすごいんだ。あまりに高い線量だとマークスでも耐えられない。もう調べ終わったのか、アリ？」

「だれもここにはもういません。よかった」アリ・ベン・マフルはマイクロカムで報告した。「これからどうしますか？」

ユーリ・カッチェンコが近づいてきた。麻痺している第二のマークスを黙ったまま調べる。同じような制服を着ていて、ステーションの司令官のひとりのようだ。

「まずいぞ！」カッチェンコが叫んだ。「仲間が探しているかもしれない」

トスタンは立ちあがった。カッチェンコはあらたな問題をずばりと指摘した。クロノメーターに一瞬向けられた視線がそれをあらわしている。休んでいる場合ではないのだ。

この作戦にためらいは禁物《きんもつ》だ。トスタンはグレク1に話しかけた。聞いたことのない音韻がトランスレーターから聞こえた。

「われわれは友人だし、保存された伝説の語り手について質問する権利がある。きみはよろこんでわれわれをかれのところに連れていく。かれはどこにいる？　さあ、話すんだ、グレク1。きみはわれわれがよろこぶことをしたくて仕方がないんだ。どこに伝説の語り手はいる？」

　マークスの咽頭口が開いて、また閉じた。トスタンは要求をさらに強くくりかえした。結局、グレク1の最後の抵抗はむだに終わった。

「検疫ステーション」グレク1はろれつのまわらない口で話しはじめた。

　トスタンは三回問いかえした。マークスの答えは変わらなかった。

　アリ・ベン・マフルは驚きを悪態でぶちまけた。

「検疫ステーションだって？　あの伝説の語り手が？　それは生きているものなのか？　もしそうなら、なにに感染しているんだ？」

　トスタンはさらに大きく息をついた。かれはくりかえし滞在場所を訊ねた。グレク1は同じことしか答えない。ギャンブラーはついに実行にうつった。

　アアロン・シルヴァーマンは外部耐圧ハッチを開けた。これまでのことが気づかれているかどうか、それはわからない。トスタンは自分がいることをあえてかくそうとは思わなくなっていた。それがもう不可能だと、きっと本能的にわかったのだろう。かれらはこれから数多くの通廊を通り抜け、あちこちのハッチを開け、マークスがけっして見逃さないようなことをするのだ。いつかの時点で気づかれるのはまちがいない。マークスはそれほどばかではない。それにくわえて、危険な宇宙ステーションに配属された乗員はエリート部隊だと考えるのは論理的だ。それは、さきほど《ツナミ＝コルドバ》が現在時間に復帰したさいに証明されていた。

ユーリ・カッチェンコとアリ・ベン・マフルはグレク1をハッチの開口部まで押していこうとした。だが、この巨体は反応しない。トスタンはそれを疲れたほほえみを浮かべて見ていた。まさにそれが恐れていたことだった！

「やめろ！」かれはマイクロカムを通じて命じた。「この重力ではかれはかなりの重さになる。きみたちは一トンを超えるものを何キロメートルも押していくつもりか？ 自発的に歩かせても、せいぜいカタツムリの速さだろうな。サイコ放射器は奇妙な副作用を引き起こす可能性があるから。われらが友はがちがちにこわばって動くだろう。アアロン！」

アアロン・シルヴァーマンは身をすくめた。トスタンの口調は悪いことを予告している。ポージー・プースは不安げな音を出した。この変人とかかわった多くの経験から、計画が変更されそうなことを感じた。

やはり計画変更だった。ただポージーの想像をはるかに超えていた。トスタンは思いきったゲームをはじめたのだ。

「最初の目的は達した、グレク1はわれわれの意のままだ。われわれには輸送手段が必要だ。アアロン、きみの申しぶんのないテラナーの顔を、通信装置の画面に入るところにもってこい」

トスタンはマークスの司令官がすわっていたコンソールを指さした。腕を動かすのにも苦労しているようだ。

「マークスの司令センターに連絡するんだ。ルックアウト・ステーションはわれわれを攻撃しないかぎり安全だといえ。われわれは……」

警笛が甲高い一連の音とともにかれの話を中断した。開いたままだった耐圧ハッチがしまった。同時にコンソールの上の大きなスクリーンが明るくなった。すぐにグレク2と名乗ったマークスがあらわれた。

エリート乗員のひとりなのだろう！　訓練不足の知性体がこのシーンを見ればべつの反応をしただろうが、かれは驚きの声さえもあげなかった。

ユーリ・カッチェンコも同様にひとことも話さなかった。全力でグレク1をくるりとまわす。グレク2はその顔がいま見えるようになったはずだ。

トスタンは音に気を配っていなかった。ハッチのドアを開けたことでやはり気づかれたのだ！

　ギャンブラーは内部連絡用のモニターの前に立っていた。ゆっくりと両手をあげてあいさつする。

「きみの指揮官をこのような状態で見せなければならないのが残念だ。すでにお伝えしたように、わたしは訪問者としてきた。まあそれは、いまはどうでもいいことではあるが」

「そんな亡霊みたいな奇妙な姿で？」グレク2はおちついている。この態度にトスタンはとっさに疑いを持った。もちろんこのマークスはできるだけ時間稼ぎをしようとしているのだ。トスタンはそれにまったく同意しなかった。

「もう一度はっきりいう。われわれはハウリ人ではなくてテラナーだ」トスタンははじめた。グレク2の反応は予想外にはげしかった。そのような発言はマークスの心をかき乱すらしい。

「われわれと同盟を組んでいたテラナーの種族はハウリ人によって殲滅された！」グレク2はいった。「その証拠を見ても満足しないのか？　われわれはあなたにすべての資料をさしだした」

「保存された伝説の語り手をのぞいては、だな。きみの指揮官は不注意にもそのことに触れてしまったんだ。だからわたしはここにきた。きみの外部監視システムは機能しているのか？」

トスタンがこんどはこの水素呼吸者を自制心の縁に追いこんだようだ。相手は脅すようなしぐさで反応した。トスタンは考える機会をあたえなかった。自前のギャンブラー精神がフル稼働していたのだ。

「きみは指揮官の命と健康よりも、ルックアウト・ステーションのほうが大事なようだな。きみたちが最後の島と呼んでいるこの宇宙駅のことだよ。だから、気をたしかに持ったほうがいい」

トスタンははっきりと見えるようにスイッチ操作をおこなった。前腕の装置はモニターの範囲内にあった。

グレク2がシートから立ちあがった。この瞬間、血のように赤い炎が見えるようになった。それは三つの巨大プラットフォームのひとつの表面から出ている。それはひろがって、中心が青白い色になった。

蒸発する鋼は、渦を巻きながら昇っていく。その物質はすぐに冷えて、人工重力の引力でプラットフォームにもどってきた。

この現象は数分間つづき、それから消えた。空虚空間の真空はまだ赤熱《せきねつ》している金属の部分を急速に冷やし、また通常の色にもどした。発着プラットフォームには溶けてできた穴がぽっかりと口を開けていた。そこから大気中の過剰な圧力が宇宙空間に噴きだしている。

　トスタンは唖然としているマークスに考えるひまをあたえなかった。

「爆発ではない！」かれははじめた。「もう一度いう。爆発ではない！　核の融解電荷は単純な物理学的性質で、警告のつもりだ。しかし、いつでももっときみに見せられる。きみがわたしの希望をかなえないというまちがいをおかすなら、最後の島は確実に破壊される。グレク1はわたしを伝説の語り手のところへ連れていく。それには反重力グライダーが必要だ。すぐに！」

　グレク2はすばやい決断に慣れているようだ。それ以上の質問なしに同意した。住居空間の耐圧ハッチがまた開いた。

「なんだかいやな気分だ！」アリ・ベン・マフルはあわてて叫んだ。「なにかがおかしいですよ。トスタン……！」

　ギャンブラーは平然としていた。この状況をそもそもマークスよりうまくコントロールしている。

「もしわれわれが、万が一、不幸な事故の犠牲になった場合、マイクロスイッチがすべての電荷に点火することをお知らせしておこう」トスタンはていねいに説明した。「このような交渉はきらいだが、わたしにはほかに選択肢がない。人類に関する情報こそが最優先事項なのでね。わたしに伝説の語り手と話をさせろ。そうすれば、われわれはまた立ち去る」

「爆発物は？」グレク2は知りたがった。

「きみの島からとりのぞかれ、宇宙空間のはるかかなたで点火される。きみはそれを見ることができるだろう。ただ、まだいくつかの情報がほしい。いつ反重力グライダーはくるんだ？　わたしは検疫ステーションに行きたいんだよ」

　マークスはまたも驚いていた。まるで硬直したように立っている指揮官の姿を見て、侵入者が指揮官を無力化したことを、ようやく納得したようだった。

　グレク2はグライダーの到着を再度約束した。どのようなやりかたの対抗措置もあきらめたようだ。そして、グレク2は画面のスイッチを切った。

　トスタンはハッチに向かった。アアロン・シルヴァーマンの質問に動揺することもなかった。

「われわれのいわゆる爆発装置は、プラットフォームに重大な損害をあたえることなんてとてもできませんよ。ＭＯＫ飛翔体に搭載した爆薬にできるのは、ちょっとました花火程度です」

「もしマークスたちが賭けにでれば、チャンスをものにしただろうな。しかし、かれらはやらなかった！　きみは心理学が専門じゃなかったのか？」

「つじつまの合わないことだけはわかります」アリ・ベン・マフルは文句をいった。

「グレク1にたいしてかなり無関心でしたね。指揮官をあっさり犠牲にしようとしましたよ。それともわたしの見方はまちがっていますか？」

「まちがっているどころか、とても正しい！」ラトバー・トスタンは笑った。それにははげしい咳がつづいた。「かれらにももうすこしおたがいへの愛情があると思ったんだ。それが正しかったら、われわれはグレク1で苦労しなくてもすんだのにね。だが、そんなことだれがわかる？ わたしはわからない！ 心理学的にいえば、グレク2はわれわれをハウリ人だと思っていると考えてみたらどうだろう。どんな卑劣な行為もできるやつらだと思うから、われわれの殲滅爆弾の話も信じたってわけさ。ほかに異議は？」ポージー・プースが興奮して叫んだ。大きく曲線を描いている連絡通路のはずれにたいらな乗り物があらわれた。それは反撥フィールドの上をはしっていて、外部耐圧ハッチの前でぴったりととまった。幅広い座席はほぼ十名のマークスをのせられるだろう。

トスタンは肩のベルトから相互結合銃をはずして装填した。最初の相互結合弾は回転式遊底の前で薬室に滑りこんだ。

「あらゆる場合にそなえるように」かれは要求した。「戦闘服を着たマークスたちと構築された防御バリアにはパラライザーは効果がない。特別な指示がなければだれも撃つな！ アリとアアロンはグレク1をグライダーで曳航する。キュウ公とカッチェンコ、きみたちはわたしたちの背後について掩護しろ」

トスタンは司令官のうしろにすわった。その後、かれはある行動をとった。それはポージー・プースに恐怖の叫びをあげさせるきっかけとなった。

アルコンのサイコ放射器が呪縛を解除する放射線ビームを発射したのだ。そのあとすぐ、マークスの催眠呪縛が消えた。

はっきりと目覚めて、状況をすぐさま理解すると、グレク1の目の前にトスタンの銃口があった。照準器ごしに死人のような顔が見える。マークスは不安になったようだ。

トスタンは時間をむだにしなかった。かれの行動の説明はユーリ・カッチェンコを唖然とさせた。

「状況が変わったんだ、友よ！」トスタンはグレク1に話しかけた。「きみの副指令官、グレク2はきみの健康状態には関心をほとんどしめさなかったよ。そこでわたしは、きみにこの宇宙駅の指揮権を返そうと思う。ただし、きみの副司令官がそうしたように、きみも自分の命を大切にするはずだという前提で、だがね。グレク2は上官の不慮の死を深く悲しむ最初の将校じゃないだろうし。それとも、きみたちの階級制度はわれわれとはちがうのかな」

グレク1はその発言の皮肉な意味をよく理解した。意識下でこれまでの出来ごとを思いおこしたかれは、トスタンの期待するとおりに反応した。

「なにをすればいい？」グレク1は明らかに心配そうに訊ねた。

「副指令官に呼びかけるんだ。きみの命令にしたがわせろ。おかしな真似はするなよ！われわれは伝説の語り手と話したいだけだ。さあ、はじめろ！」

9

ＴＳＳのピコシンは新しい配置図を見せた。中軸塔の上部にいるのだ。いわゆる検疫ステーションは宇宙駅の診療所の一部かと思っていたが、それはまちがいだったようだ。ピコシンの出した配置図では医療施設のエリアではなかった。ラトバー・トスタンは干からびたような肌がますます乾いていくのを感じた。べつの出動メンバーもひどくなるからだへの負担と戦わなければならなかった。理論的にはそもそもそうはならないはずだったのだが。

ＴＳＳはたえず正確に計測された数値で人間の生命をたもっている。それなのに、呼吸すると空気がしだいに熱く、乾燥しているように感じられる。防護スーツのサイバー医療中枢は生物の不快感は認めるが、診断のさいに精神的なものと判断する。技術的にはなんの問題もないわけだ。

異質な環境をはなれるときだ。暑さ、気圧、耐えがたい重力の値いが負担になってきた。そのため、ＴＳＳの生命維持システムにほんのわずかな誤認でもあれば、それは死を意味するにちがいないとみな想像しはじめる。装置のどんな故障でも、一回なら交換ユニットが穴埋めします、そうピコシンは主張する。この言葉は試験走行とか短い研究旅行のさいには効果的だった。しかし、死の危険を感じるような環境では効果を失う。実際と理論のちがいが強く意識されるのだ。

開いた耐圧ハッチの向こうのちいさなホールにはだれもいなかった。マークスたちは姿を見せていない。それでも、何千もの目が観察しているのを感じる。

グレク1は自分がどこにいるのかわかったのだろう。ひとつのキャビンに入っていった。移動中は無言だった。ルックアウト・ステーションの乗員への指示ははっきりとしていた。

トスタンはしだいにわかってきた。伝説の語り手は思っていたほどマークスにとっては大切ではないのかもしれない。

アリ・ベン・マフルとアアロン・シルヴァーマンは入口を見張っていた。ラトバー・トスタンとユーリ・カッチェンコはマークスのあとから部屋に入っていった。ポージー・プースは先に姿を消していた。

トスタンはポージーがなにかいってくるのを待っていた。案の定、反応があった。

「いや、まさかそんなことが！」かれの高い声がマイクロカムのなかで響いた。「まったくもって驚嘆すべき出来ごとです」

トスタンはグレク1のそばを通り抜けた。そして、トスタンもそれを見た。トスタンが急に立ちどまったので、うしろからきたマークスがぶつかった。カッチェンコは手にしていたパラライザーをおろした。銃口は床を向いた。

「保存された伝説の語り手だ！」グレク1がおごそかにいった。

トスタンはからからになったのどを唾液で湿らせようとしたが、できなかった。うろたえて目の前のほぼ四メートルの高さの建造物を見る。霧のような、半透明のエネルギー壁で構成され、つつまれているそのからだはぼんやりとしか見えなかった。

聖櫃《せいひつ》のようなものが四角い床に置かれた金属の台座の上に載っている。その台はおそらくエネルギー供給のためのものだろう。

トスタンはエネルギーフィールドにつつまれたものがなにかわかった。聖櫃のなかにぴったりと入っている。二本の柱のような足は不動の毅然さを感じさせる。二本ずつ二組の腕を軽く前に伸ばしている。半球の頭はなにかを聞いているようにすこしかたむいていた。頭の全面は三つの巨大な赤く光る目が占めている。のどのような口がなによりの証拠だ。

ほぼ三メートル半の背丈、二メートル半の肩幅の巨体、それはハルト人だった。身に着けている戦闘服が戦闘的種族の代表者であることをしめしていた。

トスタンは一歩前に出た。驚きは突然低い声が響きはじめたときに頂点に達した。その言葉はインターコスモだった。

〃わたしの名前はイホ・トロト。わたしは遠い銀河M‐87からきた。遠路はいとわない。わたしはペリー・ローダンを探している！〃

エネルギー・フィールドのなかで保存されたハルト人がしゃべり出したのは突然だったが、それと同じようにまた突然なにもいわなくなった。トスタンはあわてて質問したが、答えはないままだった。

ポージー・プースは聖櫃のまわりを飛んでいた。霧のようなエネルギーラインでできた円柱はどこにも開口部がない。ポージーが下におりて、いそがしく金属の台の上を歩きまわっている。そこにトスタンの声がした。

「とまれ、触るんじゃない！　調べるのは艦でやる。グレク1は……」

かれはマークスのほうに振りむいた。

「状況がまた大きく変わった。わたしはこの伝説の語り手をわが艦に連れていこうと思う。その口から聞ける言葉はわれわれに向けてであることはたしかだ」

「テラナーに向けてだ！」グレク1は強調した。「ペリー・ローダンはテラナーだ。われわれはイホ・トロトがなにをいっているのかわからない。だが、その伝説的な姿は伝えられている。ハウリ人がかれになにを訊きたいんだ」

「いつになったらわれわれがテラナーだということがわかるんだ？　きみが思いちがい

をしていることを認めてくれ。まちがっているんだ。きみに不愉快なことをまた押しつけるつもりはない。保存された伝説の語り手は、きみたちにとってどのような利用価値があるんだ？」

「利用価値だと？」グレク1はくりかえした。おもしろがっているように見える。「あなたがいっていることがわからない」

「かれはきみたちにとって命の次に大事か？　それとも、かれと引き換えになにかもらえるのか？　かれの存在は経済的に、あるいは宗教的に重要性を持つのか？」

グレク1はトスタンの発言の意味を理解した。すこしだけ考えている。

「どのように、そしていつ語り手がこのステーションにきたかはわからない。いや、かれはわれわれにとって利用価値はない。もしわたしがきみに伝説の語り手を引きわたしたら、このままなにもせず、最後の島から立ち去ってくれるのか？」

トスタンは即座に承諾した。これ以上の自分にできることはないと思ったのだ。

「すばらしい取引じゃないか！」アリ・ベン・マフルはマイクロカムを介していってきた。「トロトからなにも聞きだせないんだったら、なぜわれわれがこの出動に参加したかわからないからな」

「わたしもだ！」スキッパーもアリ・ベン・マフルに賛成した。「現時点では、かれから聞きだすことはできないがね。あのハルト人を聖櫃から解放する。それは艦でしかできないからな」

グレク1は約束を守った。近くを浮遊する積載ロボットが、聖櫃を反重力貨物プラットフォームの上に持ちあげた。プラットフォームは中軸塔の上部の大きな貨物格納庫へ最短距離で向かった。

この格納庫のなかでひとつの作戦が終わった。ラトバー・トスタンでなくても、みな泣き笑いしたくなるほど過酷な作戦だった。

ポージー・プースが残存時間送信機で《ツナミ＝コルドバ》を呼んだ。この通信シグナルはアンティテンポラル干満回廊に放射されたときだけ、潜在的未来にとどく。それは手間のかかる作業で、常に多くのミスがつきまとうやり方だった。

十分後、突然空間が開いた。ツナミ艦の球体は魔法のようにルックアウト・ステーションの上にあらわれた。ムラク・トブロン・ハーンが即座に連絡してきた。

トスタンは格納庫のなかをのぞきこんだ。内部ハッチはしまっていた。グレク1は制御装置の前に立っている。トスタンはかれに呼びかけた。

「われわれは搭載艇に曳航される。艦内に入りしだいステーションに設置した爆弾をはずし、宇宙空間に運んで爆破する。わたしはきみの譲歩に感謝する。しかし、もう一度きみの思いちがいについて考えてくれ。ここまでで多くのことがわかり、われわれがテラナーであることを証明したと思う。もしかしたら、また会うかもしれないからな」

グレク1は手を振ってそれに答えた。

《ツナミ＝コルドバ》の輸送グライダーが到着し、かこいのない貨物プレートに聖櫃が係留されても、マークスは黙っていた。

トスタンたちはなんの抵抗も受けずに艦にたどり着いた。エアロックのハッチがかれらのうしろでしまって、新鮮な酸素が格納庫ホールに流れこむと、トスタンは耐圧ヘルメットを首の部分からはずした。気圧調整を待っていられなかったのだ。むさぼるように慣れしたしんだ空気を吸いこんだ。

「もう二度とやらないぞ！」自分自身に約束する。「ムラク、その聖櫃をラボに運んでくれ。のこりの七つのMOK飛翔体に搭載していた爆薬をはずし、宇宙空間に流して爆破する。グレク1にわれわれが本気じゃなかったことを説明しておいてくれ。さあ、行くぞ」

＊

ルックアウト・ステーションは宇宙の深淵に消えた。《ツナミ＝コルドバ》の遠くはるか、十二万五千光年のところに二百の太陽の星がある。ラトバー・トスタンは二航程でちょうどNGZ一一四二年四月二十日にそこに到着するように指示した。

結果はよくも悪くも状況しだいだった。

マークスの態度はすべてのテラナーを不安にするものだった。しかし、いまのところ残念ながら変えることはできない。

トスタンとほかのメンバーは数時間休憩をとった。科学者たちはピコシンの画像を調べていた。新しいことはなにもわからない。

エネルギー性の聖櫃の開封には、みなはるかに多くを期待していた。イホ・トロトが深い眠りについてからどれくらいの時間がたっているのかが、広範な議論の基礎となった。

ラトバー・トスタンが艦の実験棟に入ったとき、聖櫃を開ける五回めの試みはまたも失敗していた。

トスタンは閉じこめられている生物の巨大な頭を見あげた。

「どうやってかれがこの宇宙ステーションにきたか、なんとも怪しげな発言でなにをしようとしたのか、わからない。メッセージはあれ以上短くはできないはず、それとも？　発言の言葉の意味とも結びつかない。音声記録媒体はより多くの情報を投入することができるはずだ。それとも、本当にかれ本人が話しているのだと思うかね？」

「まずありえないでしょう」アダム・ピッテンブルクは怒ったようにいう。「深層睡眠者はたいていみずからは話しません。バリアを切って、覚醒に導く方法をあなたが教えてくれたら、多少は役にたちますが」

トスタンはそのハイパー物理学者に陽気にほほえんで見せた。「集積回路の下に文字がある。輸送のさいに見たよ。なぜきみたちはそれに気づかなかったんだ？」

アリ・ベン・マフルは最近ひどい呪いの言葉をあげるようになったようだ。そのいくつかはトスタンのボキャブラリーからだ。

「なぜだ！」若いテラナーはトスタンの口調を真似した。「アアロン、なぜきみはそれに気づかなかったんだ？　なんでひっくりかえしてみるとか。反重力スイッチのところにいたのはいったいだれなんだ？」

その聖櫃はゆっくりと横にかたむけられた。ロンベ・マッシモとアダム・ピッテンブルクは見えるようになった底の部分にからだをかがめた。

「それで？」トスタンは訊ねた。まだにやにやしていた。「きみたちには文字が読めるか？」

ピッテンブルクはからだを起こした。その目はうろたえているように見えた。

シンタ・ラズロはちいさな文字をすでに読んでいた。

「名前はイホ・トロト」彼女はいった。「その下にはちいさなキイボードがある。とても単純そうね」

トスタンはあくびをした。恐ろしい形相《ぎょうそう》になった。そして、わざとらしくいった。

「それなら、名前を打ちこんで、そのハルト人を起こしてくれ。しかし、慎重にな！

かれがうっかりしてあくびをしたら、キュウ公がハルト人の胃袋のなかで消えてしまうからな」

シンタは文字を順番に打ちこんだ。台座はちいさく音をたてはじめた。その直後にエネルギーフィールドは崩れ、消滅した。

フィールドが消えると、倒れはじめた！　巨体が前にかたむき、ますます前に、結局轟音を立てて床にぶち当たった。

トスタンは息がつけなくなるほど笑った。驚いたテラナーたちがその不格好な戦闘服のファスナーをやっと開いたとき、銀河ギャンブラーはもう笑っていなかったが、ほとんど息がつけないでいた。

戦闘服は空《から》だった。イホ・トロトはどこにもいない。あるのは録音機だけだった。短い言葉はこのせいだったのだ。

アリ・ベン・マフルは立ち去るスキッパーを明らかに不機嫌なまなざしで見送った。

「もしかれが戦闘服のなかがからっぽなのを知らなかったとしたら、びっくりだな。まあいや、あすは二百の太陽の星に着く。そうしたら、ほかのものたちがびっくりするのを見るとしようぜ」

あとがきにかえて

井口富美子

今回は共訳で、私は「空飛ぶ民」（マリアンネ・シドウ）を担当した。いつもとは少し趣《おもむき》の違う、何世紀か前の地球に少し似た惑星が舞台だ。特に〝テラの子供たち〟が住む村はスイスの景色を思い起こさせ、また奴隷狩りの話は地球の歴史をなぞっているかのようだった。短い文章でたたみかけるようなシドウの文章も読みやすく、情景が鮮やかに浮かんでくる。子どもの頃に読んだ『ドリトル先生月へゆく』、『十五少年漂流記』、『失われた世界』、『ガリバー旅行記』などを次々と思い出した。

前回担当巻では訳了一か月前に父が逝去した。今回は訳了前後に母が二度入院した。自宅で翻訳しながら病院と実家の間を駆け回る日々。だが介護に自分の全てを投入することはできない。自分の世界は保っていたい。そうしないと共倒れになる。そんな毎日を過ごしつつ、次回担当話のストーリーを今から楽しみにしている。

訳者略歴
井口富美子
立教大学文学部日本文学科卒，翻訳家
増田久美子
国立音楽大学器楽学科卒，ドイツ文学翻訳家

HM=Hayakawa Mystery
SF=Science Fiction
JA=Japanese Author
NV=Novel
NF=Nonfiction
FT=Fantasy

宇宙英雄ローダン・シリーズ〈702〉

未来《みらい》から来《き》た盗賊《とうぞく》

〈SF2426〉

二〇二三年十二月　十　日　印刷
二〇二三年十二月十五日　発行
（定価はカバーに表示してあります）

著者　マリアンネ・シドウ　K・H・シェール
訳者　井《い》口《ぐち》富《ふ》美《み》子《こ》　増《ます》田《だ》久《く》美《み》子《こ》
発行者　早川　浩
発行所　株式会社　早川書房
郵便番号　一〇一 - 〇〇四六
東京都千代田区神田多町二ノ二
電話　〇三 - 三二五二 - 三一一一
振替　〇〇一六〇 - 三 - 四七七九九
https://www.hayakawa-online.co.jp
乱丁・落丁本は小社制作部宛お送り下さい。
送料小社負担にてお取りかえいたします。

印刷・信毎書籍印刷株式会社　製本・株式会社明光社
Printed and bound in Japan
ISBN978-4-15-012426-7 C0197